문학의 창에 비친 한국 사회

문학의 창에 비친 한국 사회

초판 1쇄 발행 • 2020년 4월 10일

지은이 • 홍기돈
펴낸이 • 황규관

펴낸곳 • 삶창
출판등록 • 2010년 11월 30일 제2010-000168호
주소 • 04149 서울시 마포구 대흥로 84-6, 302호
전화 • 02-848-3097
팩스 • 02-848-3094

종이 • 대현지류
인쇄제책 • 스크린그래픽

ⓒ 홍기돈, 2020
ISBN 978-89-6655-119-4 03800

문학의 창에 비친 한국 사회

홍기돈 지음

삶창

책머리에

한쪽에 해가 비치면 반대편에는 그늘이 진다. 양과 음이다. 자연의 운행에서 양과 음은 한순간도 정체되는 일 없이 항상 변화한다. 나의 심장 또한 날숨과 들숨이 교차하는 과정에서 쉴 새 없이 펄떡인다. 펄떡이는 심장의 확장/수축 운동과 더불어 내 삶이 이어지고 있는 것이다. 어디 나만 그러할까. 이 글을 읽는 당신도, 문자를 모르는 당신의 반려동물도, 생존 근거가 심각하게 위협받고 있는 북극의 곰도 마찬가지다.

인간과 사회에 관한 탐구는 존재의 운동성에 입각하여 진행되어야 한다. 아직 도래하지 않은 것들을 끌어안고 눈앞에 펼쳐진 현실과 맞서야 하는 인문학의 사명은 이로써 설명할 수 있다. 인간은 한 줄의 문장으로 정리할 수 있을 만큼 단순한 존재가 아니기에, 특정한 속성이나 명제로 집약되는 순간부터 그로부터의 탈주가 펼쳐질 수밖에 없다. 그리하여 운동으로서의 인문학은 '지금 여기'의 현실에서 배제되고 억압받는 인간성에 주목하게 된다.

이 책에 묶은 산문들은 세계의 전회에 동참하고자 하는 인문학의 자리에서 쓰였다. 인문학 가운데서도 문학 범주를 통한 접근이 다수를 차지하는데, 이는 한국 현대문학을 전공하였고 문학평론가로 활동하고 있는 나의 이력과 관련이 있겠다. 그래서 『문학의 창에 비친 한국 사회』라고 제목을 붙였다.

인문학의 운동성을 이야기하고 있으나, 기실 이 책에서 변혁보다 더욱 부각되는 것은 정체된 채 썩어 있는 한국 사회의 민낯일 터이다. 가령 일본 극우파의 자금 지원을 받는 한국 우파에 대한 추궁은 2000년대 중반에나 2020년에나 동일하게 가능하다. 정부가 비정규직 노동자들을 양산하고 그들의 연이은 죽음을 방치하는 현실은 2000년대부터 현재까지 조금도 변하지 않았다. 정치적 좀비들 또한 여전히 백주대로를 활보하고 있다. 이 책의 한편에는 이러한 한국 사회의 현실이 놓여 있다.

그렇지만 다른 한편에는 그와 맞서는 인문학의 자리를 굵직하게 표시해두었다. 일찍이 그람시는 당대의 정체된 이탈리아를 두고 다음과 같이 토로한 바 있다. "낡은 것은 멸해가는데 새로운 것이 오지 않을 때 위기가 발생한다." 그러함에도 불구하고 그는 "이성으로 비관하되 의지로써 낙관하라"는 주문을 잊지 않았다. 그람시에 기대어 말하건대, 위기의식에 한 발 걸치되 위기의식을 조장하는 현실과 길항해나아갈 의지는 인문학 가운데서 벼리어나갔다. 현실 가운데서 인문학의 가치를 확인하고자 했던 나의 시도는 어떤 의미를 가지게 될까. 이제 판단은 독자의 몫으로 넘겨야 할 시점에 이르렀다.

　끝으로 거친 원고를 묶어 깔끔한 책으로 변모시켜준 황규관 삶창 대표께 고마운 마음을 전한다. 황규관은 스스로에게 엄격한 시인이자, 사회 현안에 날카롭게 개입하는 활동가다. 그동안 문학평론가로서 시인, 사회운동가로서의 황규관과 친분을 이어오다가 이번 책을 계기로 저자와 편집자의 관계로 만나게 되었다. 모쪼록 이번 작업이 한국 문단과 사회에 나름의 의미를 제공할 수 있다면, 편집자 황규관께 진 마음의 빛이 조금은 가벼워지겠다.

2020년 3월 홍기돈

차례

3부 철망에 갇힌 경제민주화

4부 인문학의 창에 비친 한국 정치의 현주소

5부 인문학 안의 사회, 사회 안의 인문학

1부   〰〰〰〰〰〰〰   문학이 놓인 자리

〰〰〰〰〰〰〰   문학의 창에 비친 한국 사회

판문점 선언과
문학의 자리

바오 닌의
『전쟁의 슬픔』

둥근 삼각형이 존재하지 않는 것처럼 정의로운 전쟁이란 개념도 성립하지 않는다. 어떠한 명분을 내걸었든 전쟁은 그 자체가 정의롭지 못하기 때문이다. 누군들 피로써 피를 씻어낼 수 있겠는가. 증오로써 증오를 해소시킬 수 있겠는가. 그러함에도 피와 증오를 발판 삼아 자신의 입지를 공고하게 다지는 세력은 어느 시대에나 출현하였고, 그네들의 흐름이 단절되지 못하고 이어질 때 나름의 역사가 구축되기도 하였다.

대한민국 근현대사를 대충만 훑어봐도 이는 금세 드러난다. 일제가 벌인 침략 전쟁을 '성전(聖戰)'이라 칭송하며 조선인의 적극적인 참여를 독려했던 조선인들이 있었다. 해방이 되었어도 이들 친일파는 제대로 청산되지 않았다. 청산되기는커녕 반공주의로 재무장함으로써 정치권력을 장악할 수 있었는데, 이들이 지상 과제로 주장했던 것이 북진 통일이었다. 군사정권이 퇴출된 지 사반세기가 지났어도 이러한 견해는 여전히 공공연하게 주창되고 있다. 북의 주석궁을 탱크로 밀어버리고 그 자리에 태극기 꽂는 것이 진정한 통일이라는 목소리가 이를 단적으로 증명한다.

정의로운 전쟁을 강변하는 이들의 유구한 역사 반대편에서는 남과 북의 대치 상황을 해체하려는 이들의 저항 또한 꾸준히 이어져 왔다. 2018년 4월 27일 남북 정상이 채택한 '판문점 선언'은 후자의 노력이 쌓이고 쌓여 마침내 얻어낸 결실이라 할 수 있겠다. 한반도 비핵화 및 정전(停戰) 상태에서 평화 체제로의 전환, 경제·사회·문화의 교류 협력을 강화하겠다는 합의는 한반도의 전쟁 체제에 맞서왔던 이들의 흔들리지 않는 숙원이었기 때문이다. '판문점 선언'은 전쟁 발발의 위기 국면을 극적으로 돌파하여 평화의 방향으로 나아간 유의미한 사건으로 기록될 터이다.

한반도가 평화 체제로 전환되는 과정에서 누군가는 나라를 통째로 넘기겠느냐고 따지고 있다. 전쟁 체제에 근거한 기반 자체가 속절없이 허물어지고 말리라는 위기감이 작동했을 뿐더러, 대결(전쟁)이란 본디 적을 전제하고 나서야 작동하는 구조인 까닭에 그 바깥을 상상하지 못하여 벌어지는 현상이겠다. 이 지점에서 문학의 가치를 떠올리게 된다. 베트남 작가 바오 닌은 전쟁문학에 대한 스승의 가르침을 다음과 같이 끌어안고 있다.

"(…) 전쟁에 대해 글을 쓸 때는 반드시 적개심으로부터 멀리 벗어나야 해. 왜냐하면 전쟁에 대해 글을 쓰는 것은 곧 사랑과 인도적인 성품과 관용에 대해 쓰는 것이고, 전쟁에 관한 글은 곧 평화를 사랑하는 마음을 표현하는 것이니까 말이야.

—「작가의 말—나의 스승 낌 런의 가르침」, 8쪽

바오 닌은 베트남전에서 작전을 수없이 수행한 군인이었다. 사이공(현 호찌민) 진공 작전에 참가하여 떤선녓 공항을 점령할 때 마지막 살아남은 둘 가운데 한 사람이 바로 그다. 이러한 체험은 장편소설 『전쟁의 슬픔』(아시아, 2012)의 질료가 되었는데, 그 내용은 전쟁의 참상 고발이었다. 전쟁에서 삶과 죽음은 우연에 의해 갈릴 따름이며, 사랑·인간·미래가 어떻게 파괴되는지, 전쟁 뒤의 개인은 어찌하여 모두 패배자일 수밖에 없는지가 절박하게 진술되어 있다. 전쟁 승리의 영광을 고취함으로써 베트남에 대한 자부심을 끌어올리려는 국가권력의 입장에서 달가웠을 리 없을 터, 『전쟁의 슬픔』은 검열에 의해 '사랑의 숙명'으로 제목이 뒤바뀌기도 했고, 판매 금지 조치를 당하기도 하였다. 하지만 베트남 내에서의 핍박에는 아랑곳없이, 2008년 '20세기 세계명작 50선'(영국번역가협회)에 선정되는 등 『전쟁의 슬픔』에 대한 세계 문단의 호평은 꾸준히 이어지고 있다.

'판문점 선언'이 발표되던 날, 바오 닌은 마침 제주도에서 열렸던 4·3항쟁 70주년 관련 국제문학심포지엄에 참석하고 있었다. 여기서 그는 분단을 넘어서기 위한 방편으로 결코 전쟁이 고려되어서는 안 된다고 강조하였다. 뒤풀이에서는 '판문점 선언'을 지지하는 소회와 함께 어리석은 질문에 대한 현명한 답변도 들을 수 있었다.

"이를 테면 전쟁 영웅인데, 선생님께선 왜 하필 그런 소설을 써서 굳이 고생하셨나요?"

"영웅을 만드는 건 그들의 일이고, 글을 쓰는 건 내가 해야 할 일이었으니까요. 나는 그저 내 일을 했을 뿐이지요."

문학의 자리가 환하게 드러나는 순간이었다.

이상문학상 논란의 향방과
작가들의 안티조선 운동

얼마 전 이상문학상을 둘러싼 논란이 불거졌다. 우수상 수상자로 결정된 김금희, 최은영, 이기호 씨가 불공정한 조항을 지적하며 수상 거부 의사를 밝혔기 때문이다. 수상자는 수상작의 저작권을 이상문학상 운영 출판사인 문학사상사 측에 3년간 양도해야 한다는 조항이 문제였다. 좋은 소설을 골라내서 상을 주면 그만이지, 여기에 어떤 조항이 따라붙는다면 그 순간 문학상은 불순해진다. 그런 점에서 이번 논란은 출판사의 불공정한 처사도 문제이겠고, 작가가 가지게 마련인 특유의 자존심을 자극한 측면도 있어 보인다.

논란이 불거졌을 즈음 이기영에 관한 논문을 읽고 있었다. 이기영은 1926년 12월 25일 창립된 '조선문예가협회'의 일원이었다. 조선문예가협회는 잡지, 신문, 출판업자를 상대로 원고료 최저액을 결정하고자 했던 일종의 작가조합이었다. 조선문예가협회가 창립된 지 두어 달 지났을 때 잡지『현대평론』이 당국에 압수되어 삭제 처분당하는 일이 발생했다. 잡지사는 이를 이유로 여기 게재된 이기영의 「호외」에 대한 원고료 지급을 거부하였고, 조선문예가협회는 모든 회원의『현대평론』기고 중지를 선언하며 맞섰다.『현대평론』측은 결국 조선문예가협회가 성명을 발표한 열흘 뒤 원고료 지급을 결정할 수밖에 없었다.

조선문예가협회에 새삼 주목했던 까닭은 그네들의 지향이 현재 작가들에게 시사하는 바 있으리라 싶었기 때문이다. 조선문예가협회 소속 작가들은 스스로를 정신노동자로 규정하면서 소시민적 결벽성에서 탈피하여 경제투쟁에 나설 것을 결의하였다. 그러니까 작가는 금전 문제로부터 초연해야 한다는 재래의 통념을 소시민적 결벽성으로 규정, 배격했던 것이다. 이 대목에서 김억과 현진건을 제외한 조선문예가협회 발기인들이 모두 카프 소속 작가였다는 사실을 떠올릴 필요가 있다. 즉 그네들은 노동자계급의 당파성을 명확히 되새기는 계기로 조선문예가협회 창립에 나섰던 셈이다.

기실 우리 사회에서 불공정 계약은 비일비재하게 널려 있다. 이상문학상 논란을 야기한 잘못된 규정 따위는 새삼스러울 바 없다는 것이다. 그럼에도 불구하고 이번 논란은 많은 매체에 신속하게 보도되었다. 다른 경우와 달리 이들 작가들이 내몰렸던 조건은 쉽사리 쟁점으로 부각되었던 셈인데, 이러한 대우는 작가에게 부여된 일종의 기득권이 작동한 결과로 이해할 수 있지 않을까. 오해는 없었으면 한다. 작가들이 잘못 대처했다고 지적하는 것이 아니다. 나는 작가들의 선택을 지지한다. 그들은 자신들이 행사할 수 있는 상징권력(기득권)을 적절하게 행사하였다는 것이 나의 판단이다.

그렇지만 이상문학상 관련 작가들이 조선문예가협회의 사례와 달리 느껴졌다는 점은 부기할 수 있겠다. 조선문예가협회 소속 작가들이 경제투쟁을 통하여 무산자·노동자계급과 함께할 계기를 마련하고자 했던 반면, 이상문학상 논란의 경우엔 계약의 불공정 문제가 사회 전체에 팽배해 있는 유사한 사안으로까지 나아가려는 경향이 감지되지 않는다는 것. 물론 이상문학상을 둘러싼 계약 문제는 돌발 사안이었기에 조선문예가협회의 경우와 나란히 놓고 비교하기엔 다소 무리가 따를 수밖에 없겠다. 하지만 이상문학상 논란이 작가 또한 각각 노동자, 시민이라는 자각을 확보하고 그것을 매개로 해 더 나아갈 계기로 삼기에 모자람이 없어 보인다.

지난 2019년 한국과 일본은 역사, 무역 문제로 심각하게 맞서고 있을 시기 『조선일보』 일본어판이 문제된 적 있었다. '일본의 한국 투자 1년 새 -40%, 요즘 한국 기업과 접촉도 꺼려'(7. 4.), '국채보상, 동학운동 1세기 전으로 돌아간 듯한 청와대'(7. 15.)라는 기사의 제목을 각각 "한국은 무슨 낯짝으로 일본 투자를 기대하나?(韓国はどの面下げて日本からの投資を期待できるの?)", "해결책을 제시하지 않고 국민의 반일감정에 불을 붙인 한국 청와대(解決策を提示せず国民の反日感情に火をつける韓国大統領府)"로 바꾸어 일본어판에 게재하였기 때문이다. 논란

이 되자 조선일보사에서는 해당 기사를 '야후 재팬'에서 삭제하였는데, 이는 사실관계와 다르게 분쟁의 책임을 한국 측으로 돌리는 행위가 분명하며, 언론의 사명과 동떨어진 정치 행위에 불과할 따름이다. 당시 나는 이러한 생각을 했더랬다. 상황이 이러함에도 불구하고 작가들은 『조선일보』에 기고할 테고, 동인문학상 받겠노라 줄을 서겠지?

만약 작가들이 스스로가 깨어 있는 시민이어야 함을 충실하게 자각하고 있다면, 자신의 손아귀에 크든 작든 어느 정도의 상징권력(기득권)이 쥐어져 있다는 사실을 깨닫고 있다면, 과감하게 목소리를 모아 "안티조선"을 선언할 수 있을 것이다. 그러니까 예컨대 동인문학상 반대나 조선일보 기고 거부 운동은 이상문학상 논란이 향후 작가들의 움직임에 어떤 계기로 작동하는 하나의 사례가 되는 셈이라고 하겠다. 2000년대 전반기의 안티조선 운동이 실패했던 지점에 서서 나는 그러한 가능성을 기대해본다.

이상문학상 논란과
문학의 자리

김수영은 「시여, 침을 뱉어라」에서 "시인은 시를 논하게 되는 때에도 시를 쓰듯이 논해야 할 것이다"라고 주장한 바 있다. 이를 변형하여 수용한다면, 문학인은 문학상에 대해 논할 때에도 문학의 자리에서 논해야 하겠다. 이상문학상 논란이 왜 유감스러운가. 문학의 자리는 드러내지 못한 채 돈에 대해서만, "문학과 돈"에 대해서만 집중하고 있기 때문이다.

주지하다시피 시 장르에는 여타 문학 장르와 변별되는 특징이 있다. 그래서 "시를 쓰듯이"라는 태도가 성립한다. 마찬가지로 문학은 정치, 경제, 여타 문화 범주에 두루 걸쳐 있되 나름의 변별 자질 또한 갖추고 있어서 "문학의 자리"라는 전제가 허용된다. 물론 작가의 역할이 문학의 자리로부터 무관한 지점에 놓이지는 않을 것이다. 장 폴 사르트르의 『지식인을 위한 변명』[1]은 이러한 문제를 예리하게 포착한 탁월한 저작이다.

신자유주의 체제가 완고하게 작동하는 우리 시대를 둘러보라. 지식인이라 칭할 만한 이들은 기물에 콩 나듯 찾아보기 어려우며, 그 위상도 현격하게 위축되어 있다. 지식인의 이러한 위축, 공백 지점은 지식 전문가들이 대체하고 있는 실정이다. 사르트르는 지식 전문가를 일러 "집 지키는 개"라 표현하였다. 지배계급의 이데올로기적 특수성을 마치 보편적인 법칙이자 진리인 양 포장하기 때문이다. 반면 지식인은 인간과 사회의 보편적인 법칙을 파악하고, 이에 입각하여 사회적 약자의 편에 서서 발언하는 자다. 그것이 역할이자 사명인 까닭에 지식인은 자신과 상관없는 일에 뛰어들어 떠들어대는 것이다.

작가는 지식인인가. 이 질문에 사르트르는 "작가는 다른 지식인처럼 '우연에 의해서가' 아니라 본질적으로 지식인이다"라고 답한다. 지식 전문가가 지식인으로 존재 전이하기 위해서는 전이의 계기가 요구되는 반면, 작가는 문학의 특수성으로 인하여 그 계기가 필요치 않다는 통찰이다. "문학 작품은 한편으로 우리를 짓밟는 세계 속의 존재를 (비지식의 차원에서) 복원시키는 것이며, 다른 한편으로

1) 장 폴 사르트르, 『지식인을 위한 변명』, 조영훈 옮김, 한마당, 1999, 136쪽.

는 삶이라고 하는 것을 절대적인 가치로서 체험적으로 확인시켜주고 다른 모든 자유들에 호소하는 하나의 자유를 요구하는 것이기 때문이다."

이상문학상 계약 조건이 작가들에게 불리하게 설정되었음은 의심의 여지가 없다. 따라서 계약 조건의 불공정성 지적은 전적으로 타당하다. 그렇지만 문학상의 취지가 좋은 작품을 선정하여 기린다는 데 있다는 사실을 간과해서는 곤란하다. 이러한 입장에서 말하건대, 좋은 소설에 상 주는데 왜 조건이 따라붙어야 하는가를 작가는 추궁해야만 한다. 문학의 자리는 출판업자가 펼쳐놓은 계약서의 계약 수준이 아닌, 출판업자에 대한 이러한 추궁 가운데서 드러난다. 추궁 동력은 자신이 작가라는 자존심에서 마련될 터, 이번 수상을 거부한 김금희, 최은영, 이기호 씨의 결기에서 자존심 문제를 누락시켜버린다면, 결국 논의는 계약서의 계약 수준 문제에 갇힌 형국으로 귀결될 수밖에 없다.

작가가 계약서를 넘어선 문학을 지향해야 하는 까닭은 본질적 지식인으로서의 역할과 사명에 충실해야 하기 때문이다. 김금희, 최은영, 이기호 씨의 이상문학상 수상 거부 소식은 언론을 통하여 곧장 알려졌다. 작가라는 이유로 자신의 부당한 처우를 조용히 감내해야 할 까닭이 있을 리 없으니, 이들 작가들의 거부 선언이 공론화된 것은 바람직한 일이다. 그런데 문학이란 특수와 보편이 통일되는 지점에서 성립하는 것. 그렇다면 이상문학상의 불공정한 계약 사항은 이상문학상이라는 틀 속에서만 논의될 것이 아니라, 우리 사회에 팽배한 불공정 계약 관행과의 중첩으로 나아가는 것이 보다 문학의 자리에 합당한 것이 아닐까.

현재 한국 사회의 육체노동자들은 하루 한 명 추락사하며, 사흘에 한 명 기계에 끼여 숨진다. 부당한 처지를 호소하고자 목숨 걸고 고공에 올라간 이들도 있다. 하청 노동자들은 죽음을 머리에 이고 실낱같은 목숨을 겨우 이어나가는 형편이다. 하지만 언론은 이상문학상에 보이는 만큼의 관심을 이들에게 쏟지 않는다. 물론 이는 작가가 아니라 언론에게 물어야 할 책임이다. 그럼에도 불구하고 작가라면, 깨어 있는 작가라면 언론의 접대가 자신들에게 달리 이뤄지는 상황을 직시하고 있어야 한다. 그래야만 문학의 자리에서 스스로를 성찰할 수 있는 까닭이다.

언론의 반응이 달리 나타나는 까닭은 분명하다. 열악한 조건으로 내몰린 노동자에게는 자신들의 목소리를 드러낼 만한 권력이 없는 반면, 이상문학상을 거부한 작가들에게는 사회적 공명을 일으킬 만큼의 권력이 있기 때문이다. 권력이라고 하여 비난의 의미를 담고 있는 것은 아니다. 인간이라면 누구나 출생하는 순간부터 사회 속으로 내던져지며, 서로가 서로에 대하여 영향을 주고받게 되어 있다. 누군가는 다른 누구보다 더 큰 영향력을 행사할 수 있는바, 그런 의미에서의 권력이다. 작가에게 주어진 권력은 상징권력이라 말할 수 있다.

자신들의 상징권력을 의식했든 의식하지 않았든 간에 김금희, 최은영, 이기호 작가의 상징권력은 이상문학상 운영이 안고 있는 불

합리한 지점을 폭로하는 데 적절하게 활용되었다. 잘못된 것을 바로잡는 힘이 되었던 셈이다. 그래서 나는 "이상문학상 논란의 향방과 작가들의 안티조선 운동"이란 글에서 이들에 대한 지지 입장을 밝힌 바 있다.[2]

그러면서 이들 작가들의 항의가 돌발성을 띠고 있는 만큼 보편으로 확장되기에는 한계가 있다는 지적, 즉 우리 사회에 비일비재하게 널려 있는 불공정한 상황을 끌어안기에는 어려우리라는 견해를 덧붙였다. 이상문학상 운영에서 드러난 문제점이 개별 사례로 남아 있는 것보다는 보편 상황을 감싸는 데로 이어지는 것이 문학의 자리에 보다 합당하다고 판단했기 때문이다.

그러나 이상문학상 논란을 파악하려는 이런 나의 태도는 제대로 소통되기가 어려운 모양이다. 예컨대 문학평론가 인아영은 내가 썼던 '작가가 가지게 마련인 특유의 자존심', '상징권력'이라는 표현을 인용하며 "작가의 권익 보장과 불공정한 계약 거부라는 이번 사태와 섞일 이유가 없다"고 단언하고 나섰다.[3]

이번 사안을 계약서의 갑을관계로 한정시켜 접근해야 한다는 입장이라고 하겠다.

---

2) 홍기돈, "이상문학상 논란의 향방과 작가들의 안티조선 운동", 『경인일보』, 2020년 2월 3일.
    <http://www.kyeongin.com/main/view.php?key=20200202010000131>
3) 인아영, "문학과 돈", 『경향신문』, 2020년 2월 19일.
    <http://news.khan.co.kr/kh_news/khan_art_view.html?artid=202002192051015&code=990100>

기실 인아영 씨가 이 정도에 머무르기만 했어도 관점 차이로 치부하려고 하였으나, 다음과 같은 주장은 나가도 너무 나갔다고 지적할 수밖에 없다. "문학을 위태롭게 만드는 근본적인 위험은 자본주의에 침윤되거나 시장 논리에 좌우되는 상황이 아니라 문학이 돈과 맺고 있는 관계 자체를 사유하지 못하는 무능력에서 온다." 계약서 위의 문학에 안주하려는 입장에서는 "문학과 돈"의 관계가 가장 중요하겠으나, 내가 보기에 이번 이상문학상 논란은 문학이 자본주의의 상품/시장 논리에 침윤되었기 때문에 벌어졌다.

이상문학상의 경우만 해도 이는 금세 드러난다. 2000년 제24회 이상문학상 대상작은 이인화의 「시인의 별」이었다. 이는 두 가지 지점에서 논란을 일으켰다. 첫째, 심사 원칙에 따르면 심사 대상은 전년도 발표작으로 한정되어야 한다. 「시인의 별」은 『문학사상』 2000년 1월호에 발표되었으니 원칙을 어긴 게 아닌가. 둘째, 1999년 『emerge 새천년』에 발표한 「황야」의 개작이 「시인의 별」이다. 이인화에게 상을 주기 위하여 태작의 수정 기회를 제공했던 것이 아닌가. 이후 『문학사상』에 발표된 작품들이 이상문학상 수상작에서 상당한 비율을 차지한다는 사실도 따라붙었다.

이명원, 김정란, 노혜경, 전병문의 비판이 잇따르자 문학사상사는 「누가 왜 '이상문학상'에 돌을 던지는가?」라는 답변을 내놓았던바, 다음은 답변의 한 대목이다. "『이상문학상 작품집』의 수익은 막대한 적자를 지고 있는 문예지 월간 『문학사상』을 중단 없이 발간케 하는 데 보탬이 되고 있고, 또한 수익성이 없는 양서의 출판, 그리고 대가를 기대하기 어려운 당사 주관의 4개 부문의 문학상 운영에도 적지 않은 도움을 주고 있습니다."(『문학사상』, 2000년 2월호) 이는 의도한 바와는 달리, 문학사상사가 출판사 운영을 위하여 이상문학상을 상업적으로 활용해야 하는 측면을 드러내고 있다. 그래서 이명원은 "문학상이 가장 효과적인 이윤 창출의 수단으로 전환될 수 있다는 사실이야말로 90년대 우리 문학의 매우 독특한 현상이다"라고 꼬집기도 하였다.[4]

1990년대 중반 이후 문단은 문예지 중심에서 출판사 중심으로 변모하였다. 이에 따라 작가는 하나의 상품으로 전락하는 처지로 내몰렸다. 2000년대로 접어들어 주례사 비평이 문제되었던 것은 출판 자본의 논리에 따르느라 작가와 작품에 과도한 의미 부여를 했기 때문이고, 보수언론과의 유착이 문제 되었던 까닭은 작가와 작품의 상품성을 끌어올리느라 마땅히 머물러야 할 자리에서 문학이 이탈해 나갔기 때문이며, 문단 내 학벌이 문제 되었던 까닭은 학벌이 이러한 양상을 빚어내는 데 일조하였기 때문이다. 이인화에게 이상문학상을 안긴 심사위원 이어령, 김윤식, 권영민은 모두 서울대 동문으로 스승, 제자 사이가 아니었던가. "문학과 돈"의 관계는 이러한 구조 바깥에 놓이는 것이 아니라, 구조의 한 축을 차지한다.

출판 자본이 문학 또한 일종의 상품일 뿐이라고 강조할 때, 우리

---

4) 이명원, 「〈이상문학상〉, 우상화한 권위에 정을 박아라」, 『해독』, 새움, 2001.

작가들은 문학이 상품으로서의 운명을 딛고 있되 그 너머를 향해 나아가는 하나의 운동이라고 응수해야 한다. 그래야만 작가는 출판 자본이 가하는 모욕으로부터 벗어날 수 있다. 계약 조건을 개선하고자 하는 "문학과 돈"의 관계에 대한 천착이 해답이 될 수는 없다는 것이다. 그리고 기성작가들이 "문학과 돈"의 관계에 대한 사유의 무능력을 드러내고 있었다는 진단은 억측에 불과하다. 예컨대 공선옥, 송경동이 각각 동인문학상과 미당문학상을 거부했던 까닭은 "문학과 돈"의 관계에 무지하였기 때문이 아니라, 상금이나 상패 따위로 굴복시킬 수 없는 작가정신이 올곧이 살아 있었기 때문이었다.

덧붙이는 말. "이상문학상 논란의 향방과 작가들의 안티조선 운동"을 마감하고 나서 윤이형 씨의 절필 선언을 접했다. 2019년 제43회 이상문학상 수상자로서의 참담함과 분노가 느껴졌다. 또한 『한겨레』와의 인터뷰에서는 출판업계 노동자들의 열악한 처지에 대한 연대 의식을 읽을 수 있었다. 이상문학상 논란은 윤이형 씨의 절필 선언을 통하여 비로소 문학적 사건이 되었다는 게 내 판단이다. 즉자적 존재가 아닌 대자적 존재로서 작가의 존엄이 빛을 발하는 장면이기 때문이다. 문학의 자리는 윤이형과 같은 작가가 있어서 증명된다. 그러니 윤이형 씨가 다시 창작에 나서기를 바라는 마음이 클 수밖에 없다.

구원이 되지 못하는
종교 혹은 진리

대한민국 건국을 앞둔 1948년 상반기 문단에서는 김동리와 조연현의 논쟁이 벌어졌다. 김동리는 문학이란 구경적(究竟的) 삶의 추구라고 견해를 피력했던 바, 이에 대하여 조연현이 종교와 문학의 경계가 불분명하다고 지적하고 나섰던 것이다. 김동리의 답변은 이러했다. 종교란 기원하고 귀의해야 할 신이 확고하게 자리를 잡고 있는 까닭에 의존적인 반면, 문학은 스스로 사색하고 상상하면서 신을 찾아나서는 행위인 까닭에 주체적일 수밖에 없다.

김동리의 논리는 진지하게 들여다볼 필요가 있다. 종교는 종종 진리를 내세워서 다른 가치를 억압하곤 한다. 절대자에 의존하다 보니 결과론에 치우치는 경향을 드러낼 때도 있다. 예컨대 복덕을 기원하거나 현재 벌어진 사태를 신의 징벌로 수용하는 경우가 그러하다. 반면 문학은 주체적인 면모로 인하여 일리(一理)의 방향으로 나아가게 된다. 또한 아무리 멀리 나아간들 작가는 결코 신과 하나가 되지 못한다. 작가에게는 결과가 아닌 과정이 중요하게 주어진다는 것이다.

종교가 극단으로 치우쳤을 때 문학의 자리에서 그 한계를 적극적으로 심문했던 작가로는 알베르 카뮈를 꼽을 수 있다. 『이방인』(1942) 말미에서 주인공 뫼르소가 신부에게 쏟아부었던 발언이 대표적이다. 전염병이 창궐한 도시 오랑을 배경으로 삼는 『페스트』(1947)의 주동인물 리유 또한 마찬가지다. 『페스트』에는 파늘루 신부가 등장하는데, 작품 앞부분에서 그는 페스트의 창궐을 죄의 대가라고 강연하고 있다.

"이 재앙이 처음으로 역사상에 나타났을 때, 그것은 신에게 대적한 자들을 쳐부수기 위해서였습니다. 애굽왕은 하느님의 영원한 뜻을 거역했는지라 페스트가 그를 굴복시켰습니다. 태초부터 신의 재앙은 오만한 자들과 눈먼 자들을 그 발아래 꿇어앉혔습니다. (…) 반성할 때가 온 것입니다. 여러분은 주일에 하느님을 찾아뵙기만 하면 나머지 시간은 자유라고 생각했습니다. 서너 번 무릎을 꿇는 것으로 여러분의 그 죄스러운 무관심에 대한 대가를 하느님께 갚은 것이라고 생각했던 것입니다. 그러나 하느님은 미지근하지 않으십니다."[5]

반면 신을 믿느냐는 물음에 의사 리유는 다음과 같이 답변하고 있다. "믿지 않습니다. 그것은 무엇을 의미하는 것일까요? 나는 어둠 속에 있고, 거기서 뚜렷이 보려고 애쓴다는 뜻입니다." 또한 "신도 믿지 않으면서 왜 그렇게까지 헌신적이"냐는 질문에 "만약 어떤 전능한 신을 믿는다면 자기는 사람들의 병을 고치는 것을 그만두고 그런 수고는 신에게 맡겨버리겠다고 말했다. 그러나 이 세상 어느 누구도, 심지어는 신을 믿는다고 생각하는 파늘루까지도, 그런 식으로 신을 믿는 이는 없는데, 그 이유는 전적으로 자기를 포기하고 마는 사람은 없기 때문이며, 적어도 그 점에 있어서는 리유 자신도 이미 창조되어 있는 그대로의 세계를 거부하며 투쟁함으로써 진리의 길을 걸어가고 있다고 생각한다고 말했다".[6]

삶보다 우선하는 가치는 없다는 것이 리유의 입장이다. 파늘루의 맞은편에 자리하였으니 진리라고 했겠으나, 페스트 창궐에 맞선 의사로서 그의 활동은 일리라고 이해해야 한다. 어둠 속에서, 어둠과 맞서는 리유에게 명확한 정답은 없었고, 다만 어둠을 건너가려는 나름의 헌신적인 도전만이 있었기 때문이다. 또한 주위 인물들과 대화를 나누면서 방안을 모색하는 리유의 면모 또한 일리에 입각한 화이부동(和而不同)의 세계관에 근사하지, 진리가 행사하기 쉬운 배타적인 폭력성과는 멀리 떨어져 있기도 하다.

---

5) 알베르 카뮈, 『페스트』, 김화영 옮김, 민음사, 2011, 154쪽과 158쪽.
6) 위의 책, 203~205쪽.

문득 종교를 문학의 자리에서 바라보게 된 것은 신천지 때문이다. 광화문 집회를 주도했던 전광훈 목사 때문이기도 하다. 그네들은 진리를 명확한 정답으로 손에 쥐고 있기에 존재가 딛고 있는 죽음(어둠)을 모른다. 그래서 감히 구원을 약속할 수 있고, "야외에서는 코로나 바이러스에 감염되지 않는다"라고 호언장담할 수 있다. 하지만 존재가 딛고 선 죽음을 직시하면서 어떠한 진리나 이념 따위보다 삶의 가치를 우선하는 편에 섰을 때, 이는 지극히 위태롭게 느껴질 따름이다. 『페스트』에서 그러하였듯이, 창궐한 코로나19 바이러스를 극복할 동력은 후자의 편에 선 이들이 만들어낼 것이다.

거인의 어깨 위로
올라서려는 난쟁이들

『그리스·로마 신화』

    인간은 신화에 발을 딛고 사는 존재이다. 고대인들은 놀라운 상상력으로 신의 이야기를 만들어냈고, 중세 이후의 인간들은 신의 이야기 안에서 스스로의 정체성을 확립해나갔다. 예컨대 서양의 근대인들은 『그리스·로마 신화』(범우사, 2000)의 자식들이다. 르네상스 시대 학자 베르나르의 격언이 이를 보여준다.

    "우리는 거인의 어깨 위에 서 있는 보잘것없는 난쟁이다."

    『그리스·로마 신화』에 나타난 신은 인간의 모습을 하고 있다. 이성(異性)을 욕망하고, 자신을 뽐내며, 다른 신을 질투하고, 실패한 사랑 때문에 머리를 쥐어뜯는가 하면, 신에게든 사람에게든 복수도 저지른다. 인간의 발견! 엄격한 신의 이름에 갇혀 허덕이던 중세 사람들의 입장에서 보자면 놀라운 사실이었다. 그러니 『그리스·로마 신화』를 만들어 낸 '거인' 앞에서 그들은 그저 '보잘것없는 난쟁이' 일 수밖에 없었다.

그렇지만, 비록 난쟁이라 하더라도 거인의 어깨 위에 올라선 이상 거인보다 더 멀리 바라볼 수 있다. 과연 그들은 신 중심의 세계를 인간 중심의 세계로 바꾸어냈고, 스스로 신이 되어 모든 것들 위에 군림하게 되었다. 이를 가능케 한 것은, 제우스의 무기 벼락에 비유할 수 있을, 과학이었다. 그런 점에서 보자면, 토머스 불핀치의 *The Age Of Fable*(『신화의 시대』)이 1855년 처음 출간되었다는 사실이 흥미롭다.

> 그의 『신화의 시대』가 출판된 1855년은 바야흐로 혁명의 완성기에 속해 있었다. 이미 방직기계, 증기기관차 등이 발명되었고 전신기, 윤전기 등이 실용화되었으며, 그 전 해에는 시카고에 철도가 놓여 동부 해안과 연결된 상태였다. (…) 이러한 시대야말로 우리의 높은 정신이나 풍요한 인간성을 고대 신화 속에서, 전설의 시대 속에서 구해야 한다고 외쳤던 것이다.
>
> —최혁순, 「이 책을 읽는 분에게」

그러니까 불핀치의 『신화의 시대』는 '과학의 시대'와 대척 관계를 형성하는 셈이 된다. 차가운 과학적 이성에 맞서기 위해 불핀치가 나서서 고갈되어가는 시적 상상력을 소생시키는 형국인 것이다.

이러한 사실은 매우 중요하다. 인간은 더 이상 근대의 주인이 아니라, 과학이 인간을 지배하고 있다는 인간의 전도(顚倒)된 처지가 드러나는 장면이기 때문이다.

그리고 르네상스 시대 이후에 '신화의 시대'가 다시 호출되고 있다는 점도 기억해둘 만하다. 새로운 르네상스를 통해 인간의 가치를 재발견하고 새로운 질서를 모색하려는 움직임이 시작됐다는 의미를 가질 수 있기 때문이다. 비록 불핀치가 이를 염두에 두지는 않았더라도 말이다.

여담 삼아 말하자면, 일본의 '근대초극론(近代超克論)'은 이러한 관점에서 이해할 수 있다. 신화와 결합시킨 천황의 재발견을 통해 일본은 근대로 진입할 수 있었는데, 그들은 제국주의 말기에 '일본식 근대'(신체제)로써 '서구의 근대'(구체제)를 뛰어넘고자 하였다. 약육강식의 자본주의 체제를 부정하지 못한 한계는 여기서 배태되었고, 파시즘으로 귀결한 까닭도 여기서 찾을 수 있다. 게르만의 신화를 현재로 불러내어 민족의 우수성을 훈육하였던 독일 또한 마찬가지다. 두 나라 모두 근대의 질서를 수긍하며 근대를 넘어서겠다고 발버둥 쳤던 꼴이다.

반면, '신라 정신'(풍류도)을 되살려서 새로운 르네상스를 일으키자는 식민지 조선의 지식인 범보(凡父) 김정설(金鼎卨)의 노력은 김지하(金芝河)에게로 이어지고 있다. 내면적인 명상가, 수행자인 '요기'(Yoggy)와 외부의 사회질서와 대결하여 바꿔나가는 혁명가 '싸르'(Ssar)를 결합하여, 김지하는 새로운 시대의 인간을 '요기싸르'라고 규정한다. 한민족(韓民族) 신화는 '요기싸르'라는 개념을 통해 다시 발견되며, 이로써 근대의 한계와 맞서게 되는 것이다.

1996년 초판이 발간된 유시주의 『거꾸로 읽는 그리스 로마 신화』(푸른나무)에는 근대와 맞서려는 설정이 구체적으로 드러나지는 않는다. 하지만, 『그리스·로마 신화』를 저자 유시주의 관점으로 해석하는 방식이 두드러진다. 이를 통해 불핀치의 『그리스·로마 신화』는 진보적인 색채를 덧입게 된다. 가령 코카서스의 산정에 묶인 프로메테우스가 제우스의 심부름꾼 헤르메스를 꾸짖는 장면은 불핀치의 『그리스·로마 신화』에는 들어 있지 않다. "헤르메스여, 이 정도 고생이면 말 한마디를 아끼는데 그대는 어찌 그리 비굴한가?" 일신의 안락을 거부하고 대의에 따랐던 프로메테우스의 면모가 한껏 부각되는 순간이다.

유시주는 프로메테우스를 통해 김남주를 살려내고, 윤동주의 「간」을 설득력 있게 분석해낸다. 그리고 이를 통해 프로메테우스를 현재 한국의 상황 속으로 끌어들인다. 전체적으로 『거꾸로 읽는 그리스 로마 신화』는 이러한 방식으로 기술되었다. 그러니 신화의 독법에 대해 관심 있는 사람이라면 『거꾸로 읽는 그리스 로마 신화』를 일독할 필요가 있겠다.

자기 안에서
배움의 길을 찾다

─────

『장자』

윌리엄 시어도어 드 배리의 『중국의 '자유' 전통』(이산, 1998)을 읽을 때 눈여겨보았던 내용은 '자기[리]'를 처리하는 방식이었다. 서양 근대사상은 개인의 자유와 권리, 욕망 따위를 승인하면서 터를 닦아나갔는데, 성리학이라든가 양명학에 나타나는 '자기' 개념은 서구의 개인에 대응하고 있을 터이기 때문이다. 신유학에서는 '자기'를 두 가지 입장에서 파악하고 있다. "하나는 내면에 있는 본래의 참된 자기이다. 다른 하나는 이기심으로 특징지어지며, 자기중심적인 태도에 의해 지배당하는 자기이다."(66쪽) 후자의 양상이야 그리 새로울 바 없다. 이는 공과 맞서는 사의 영역에 닿아 있을 터, 유학의 핵심 개념인 극기복례(克己復禮)에서의 자기로 곧장 이어지기 때문이다.

그러니 자연 흥미를 끌었던 것은 본래의 참된 자기라는 측면이었다. 성리학의 바탕을 다진 "정이(程頤)는 '배움의 길을 걸었던 옛사람들은 자기 자신을 위해 배움의 길을 걸었다'는 공자의 말을 '배움의 길을 바깥에서 구하지 말고 자기 안에서 찾으라[自得]'는 뜻으로 풀이했다."(58쪽) 그리고 성리학을 집대성한 "주희의 사상은 철두철미하게 '자기 자신을 위한 배움'[爲己之學]이라는 목표로 시작해서 그것으로 끝난다."(56쪽) 여기서 등장하는 위기지학은 위인지학(爲人之學), 즉 남들에게 보이기 위한 학문과 맞서는 개념이다.

성리학이 사상 체계를 확립하는 과정에서 도가, 불가의 사유를 폭넓게 수용하였음은 익히 알려져 있다. 내가 보건대, 정이나 주희가 위기지학을 강조할 수 있었던 배경에는 『장자』[7]의 영향이 있지 않았던가 싶다. 공자가 주나라의 예[周禮]로 복귀하고자 노력했던 만큼 본래 유학에서는 이기심의 맥락에서 자기[리]를 파악하는 경향이 농후했을 터이기 때문이다. 도가와 관련되는 인물들이 공자와 그의 제자들을 비난했던 까닭도 예의 절대성 부정과 무관치 않다. 반면 『장자』는 줄곧 위기지학을 강조하고 있다. 신유학에서 고평하는 백이, 숙제까지도 위인지학에 머물렀다고 폄하할 정도이다.

---

7) 장자, 『장자』, 오강남 옮김, 현암사, 1999년. 이후 『장자』 인용문은 모두 이 책에서 끌어다 쓴다.

참된 자기를 잃고 참됨이 없는 사람은 딴 사람을 부리지 못합니다. 이런 사람들은 마치 고불해(狐不偕), 무광(務光), 백이(伯夷), 숙제(叔齊), 기자(箕子), 서여(胥餘), 기타(紀他), 신도적(申徒狄)처럼 모두 다른 사람을 위해 일하고, 다른 사람을 즐겁게 하는 것을 즐거움으로 삼았을 뿐, 스스로 즐거움을 맛보지 못한 사람들입니다. (267쪽)

이러한 『장자』의 견해에 입각하면 진정한 배움은 학(學)에 있을 뿐이며, 교(敎)는 배척의 대상이 된다. '학'은 사람들이 스스로 행하는 일인 반면, '교'는 정부가 백성들에게 행하는 가르침이기 때문이다. 정이는 이러한 관점 위에서 '통치'와 '학'의 대립을 정식화해낸 것이 아닐까. 정치(政治=政統, political legitimacy)와 도덕(道德=道統, moral authority)은 구분될 수 있으며, 학을 수행하여 도덕적 앎에 이른 자가 정치의 권위를 획득해야 한다는 것이 정이가 펼치고 있는 견해의 요체이다(이와 관련한 신유학에서의 논의는 피터 볼의 『역사 속의 성리학』(예문서원) 참조). 물론 '학'을 도덕과 결부시킨다거나, '학=도덕'과 '교=정치'의 일치 가능성 제시는 정이가 『장자』를 『장자』 바깥에서 재해석해낸 결과이겠지만 말이다.

대학생 때 그저 문면만 읽고 넘어갔던 적이 있었으나, 성리학에 대한 지식이 조금 생기면서 새삼 고개를 끄덕이게 된 예화가 『장자』에 등장하는 「포정의 소 각 뜨기(庖丁解牛)」이다. 백정 포정이 소를 잡는데 그 동작이 마치 무곡(舞曲)에 맞춰 춤을 추듯 경쾌하다. 임금이 그 경지를 감탄하여 비결을 묻자 백정이 답한다. 처음에는 눈에 보이는 소를 잡았으나, 삼 년이 지난 뒤부터 소가 보이지 않게 되었고, 지금은 신(神)으로 대한다는 것이다. "감각기관은 쉬고, 신(神)이 원하는 대로 움직입니다. 하늘이 낸 결을 따라 큰 틈바귀에 칼을 밀어 넣고, 큰 구멍에 칼을 댑니다. 이렇게 정말 본래의 모습에 따를 뿐, 아직 인대(靭帶)나 긴(腱)을 베어본 일이 없습니다. 큰 뼈야 말할 나위도 없지 않겠습니까?"(146~147쪽) 그러니 칼날이 상했을 리 만무할 터, 포정은 19년째 같은 칼을 사용하고 있으나 칼날은 이제 막 숫돌에 갈려 나온 듯하다. 이에 왕이 말한다. "훌륭하도다. 나는 오늘 포정의 말을 듣고 '생명의 북돋음[養生]'이 무엇인가 터득했노라."(148쪽)

포정이 소의 각을 뜨는 이 이야기에서 백정과 임금의 위치가 역전되어 있음을 오강남 교수는 적절하게 지적하고 있다. "백정이라면 옛날 동양 사회에서 가장 천시한 직업이다. 그러니까 이 이야기는 그 사회에서 가장 천한 백정이 그 사회에서 지존한 임금 앞에서 소 잡는 법을 보여주어 '양생(養生)'의 도를 가르쳤다는 이야기다. 도(道) 앞에서는 누구나 평등하다는 생각보다 오히려 한발 더 나아가, 도 앞에서는 지금껏 당연하게 여기던 기존의 질서가 뒤집힌다는 것을 암시했다."(148쪽) 여기에 내 생각을 조금 덧붙인다면, 기존 질서의 전도는 다시 '교'에 대한 '학'의 우위로 파악해도 무방하지 않을까 싶다. 기실 포정이 이야기하는 바는 학의 과정과 그에 따른 현재의 상태를 설명하고 있기 때문이다.

처음 소를 소로만 보았던 포정은 삼 년 뒤 소를 뼈, 살, 근육 따위의 해부학 관점에서 바라볼 수 있게 되었고, 지금에 이르러서는 분석과 계산 바깥에서 그저 신에 이끌려 작업해나갈 뿐이니 자신과 소가 하나 되는 불이 상태로까지 나아갔다고 할 수 있겠다. 또한 이 때 작업은 '하늘이 낸 결'에 따라 진행되고 있는 만큼 인위(人爲)가 개입하지 않은 경지라고도 이해할 수 있다. 여기에 대해 오강남 교수는 다음과 같이 설명하고 있다. "이러한 상태에서 움직이는 것이 노자가 말하는 '함이 없는 함[無爲之爲]', 그래서 안 된 것이 하나도 없는 경지에서 하는 '함'이다.(『도덕경』 제37장) 이것은 또 제2편에서 남곽자기가 '자기를 잃어버린 상태'에서 '하늘의 통소 소리'를 들은 상태와 같은 것이다."(150~151쪽) 『장자』에 등장하는 학의 궁극적인 목표는 바로 이러한 경지일 것이다.

『장자』에 등장하는 '하늘이 낸 결'과 같은 개념은 신유학에 수용되면서 '천리(天理)'와 같은 용어로 정착되었다. 그 과정에서 하늘[天]이 낸 결[理]의 내용과 그에 도달하는 방법 차이를 노정할 수밖에 없었지만, 학문의 본령을 위기지학으로 파악하는 견해는 달라지지 않았다. 이는 주희가 위인지학을 비판한 데서 확인할 수 있다. "요즘 세상에서는 아버지가 아들을 북돋우고, 형이 아우를 격려하며, 스승이 제자를 가르치고 제자가 스승에게 배우는 것이 모두 과거시험 준비를 목표로 하고 있을 뿐이다." 나는 아직 천리가 무엇인지, 하늘이 낸 결이 무엇인지 알지 못한다. 다만 위기지학으로 이어지지 못하는 공부가 얼마나 위태로운가에 대해서만큼은 절실하게 깨닫고 있다.

최근 최순실의 국정농단 사태에서 드러난 소위 학자 출신들의 파렴치는 기가 찰 지경이다. 엘리트 코스만을 밟아왔다는 김기춘 전 대통령 비서실장, 우병우 전 청와대 민정수석, 조윤선 전 문화부 장관은 또 어떤가. 지식인이라는 그들의 행태가 시민들의 평균 의식보다 한참 밑도는 까닭은, 위기지학이 아닌, 위인지학에만 골몰했기 때문이다. 그러니 국정농단에 연루된 저들에게 응당 돌을 던져야 하겠지만, 차제에 위인지학으로만 치닫는 우리의 교육 현실에 대한 반성도 진행해보는 것이 현명한 처사일 듯하다. 그래야만 국정농단 사태의 청산이 한국 사회의 부박한 문화가 변화하는 데까지 이어질 수 있을 테니 말이다. 성에 차지는 않지만, 그래도 다음과 같은 소식을 접했을 때 그나마 반가움을 느꼈던 까닭은, 그러한 기대가 가슴 한편에 있었기 때문이다.

> (입학식에서) 성낙인 총장은 '서울대라는 이름에 도취하면 오만과 특권의식이 생기기 쉽다'며 '내게 많은 것이 주어지는 것이 당연하다는 생각이 생기면 출세를 위해 편법을 동원하고 문제의식을 느끼지 못하고다른 사람을 무시하는 태도를 보인다. 많은 사람들이 서울대인에 대해 차가운 시선을 보내는 이유'라고 말했다. (…) '여러분들이 다른 학생보다 고교 시절 성적이 좋아 서울대인이 되었다는 그것만으로 사회의 리더가 될 수 없다'고 강조했다.[8]

---

8) 이유진, "서울대인, 부끄러운 모습 회자…특권 의식 지워라", 『경향신문』, 2017년 3월 2일. <http://news.khan.co.kr/kh_news/khan_art_view.html?artid=201703022228015>

종이는
구름이다

『장자』

요즘 어디 나다닐 데가 있으면 『장자』를 끼고 나선다. 대중교통으로 이동하면서 한 구절 읽고 곰곰이 생각하기에 안성맞춤이기 때문이다. 내가 이쪽 방면의 견해를 처음 접한 것은 『학의 다리가 길다고 자르지 마라』(둥지, 1990)였던 것으로 기억한다. 그렇지만 이 책을 접했을 당시 나는 열렬한 '마르크스보이'였고, 그러한 까닭에 장자의 사상은 그저 흥미로운 이야기에 머물렀을 뿐, 커다란 울림으로 다가오지는 않았었다. 그로부터 오래지 않아 현실사회주의 국가는 허물어졌고, 이후 환멸(幻滅)의 시간이 펼쳐지기 시작하였다. 아, 나침반 없이 부유하는 시대에 나는 어디 닻을 내려야 하나.

취생몽사(醉生夢死) 상태로 환멸의 시간을 견디어낼 즈음 『장자』를 처음 읽었다. 함께 꿈꾸었던 이들이 하나둘 떨어져 나가고, 떨어져 나간 그들이 너저분한 현실 어느 곳에 쭈뼛쭈뼛 뿌리내리기 시작하다가, 결국 완고한 현실의 불변성 수리(受理)야말로 유물론자의 태도라 강변해대는 상황이었다. 이에 대해 나는 "삶의 질서에 몸을 내맡기면 저렇게 삶에 중독될 수도 있구나,라는 깨달음"을 얻었노라 어느 글에서 써 내려간 바 있다.

허망한 깨달음 속에서 허우적거리던 와중에 문득 떠올랐던 이야기가 『장자』의 '나비의 꿈'이었다. 장자가 나비의 꿈을 꾸는 것인가, 아니면 나비가 장자의 꿈을 꾸는 것인가. 기실 이를 이해하려면 그 앞 내용을 들여다보아야 한다.

> 우리가 꿈을 꿀 때는 그것이 꿈인 줄 모르지. 심지어 꿈속에서 해몽도 하니까. 깨어나서야 비로소 그것이 꿈이었음을 알게 되지. 드디어 크게 깨어나면 우리의 삶이라는 것도 한바탕의 큰 꿈이라는 것을 알게 될 것이네. (126쪽)

생명을 입은 순간 나는 언제가 되었건 간에 결국 죽으리란 운명을 받아안고 있었다. 그렇다면 삶이란 한바탕 꿈에 불과할 텐데, 왜 들 저렇게 더 많이 가지지 못해 아귀다툼일까. 나비의 꿈 이야기는 여기서 한걸음 더 나아가 있다. 꿈 이야기 말미에 '사물의 변화'[物化]라는 개념이 덧붙여져 있기 때문이다.

오강남 교수는 물화를 다음과 같이 풀어내었다.

장자가 보는 세계는 모든 사물이 서로 얽히고설킨 관계, 서로 어울려 있는 관계, 꿈에서 보는 세계와 같이 서로가 서로가 되고, 서로가 서로에게 들어가기도 하고 서로에게서 나오기도 하는 '꿈같은 세계'이다. 이런 세계는 개물이 제각기 독특한 정체성과 함께 '하나'라는 전체 안에서 서로가 서로가 될 수 있는 불이성(不二性)이 병존하는 세계이다.

(136쪽)

『장자』를 처음 접했을 때는 몰랐으나, 요즘 다시 들여다보니 오강남 교수의 설명은 불경에서 읽은 바 있는 '불일불이(不一不二)' 관점에 닿아 있는 듯하다. 다른 학자들은 『장자』의 물화를 어찌 파악하고 있으려나. 여유가 생겼을 때 찬찬히 비교해볼 대목이다.

문학으로 밥벌이를 하는 까닭인지 오강남 교수가 물화의 사례를 펼칠 때는 환하게 웃을 수밖에 없다. "종이는 구름이다"라고 주장할 때 그는 시에 다가서 있지 않은가. "우리는 우리가 지금 들여다보는 이 종이에서 구름을 볼 수 있다. 구름이 없으면 비가 있을 수 없고 비가 없으면 나무가 없고, 나무가 없으면 종이가 있을 수 없다. 따라서 이 종이에서 구름뿐 아니라 햇빛과 비와 나무와 새소리와 공기와 하늘을 다 볼 수 있다. (…) 그런 의미에서 이 종이에는 이런 것들, 우주에 있는 다른 모든 것들이 다 들어가 있는 셈이다."(136쪽)

과학적/도구적 이성에 철저한 이들에게는 이러한 설명이 한낱 몽상으로 비춰질 수도 있겠으나, 나는 종이에서 구름으로 미끄러지는 이러한 방식의 사유를 선호한다.

대체 과학적/도구적 이성이란 무엇인가. 인간이 자연 바깥으로 뛰쳐나와 자연을 개발해야 할 대상으로 설정함으로써 성립한 인식 능력이다. 물론 인간은 동시에 다른 인간 또한 수단으로 취급해나갔으니 마르틴 부버식으로 이야기하건대, '나와 너'의 관계가 '나와 그것'의 관계로 전락하게 되었다. 그 책임을 추궁해 들어간다면 데카르트주의와 대면할 성싶다. 데카르트는, '나와 너'라는 관계 속에서 '나'의 자리를 마련했던 것이 아니라, 이와 정반대로 세계를 들여다보는 단독자(單獨者) '나'의 지위를 공고히 했기 때문이다. 기실 근대 체제란 낱낱의 개별자(個別子)를 먼저 설정하고 난 뒤, 사회는 개별자들이 사회계약론에 따라 구축한 합체(合體)라는 가설 위에서 작동하는 시스템이라 할 수 있다.

반면 『장자』는 만물이 귀일하는 통체(統體)를 전제한다. 예컨대 그것은 "모든 것이 원래 하나인데 달리 무엇을 더 말하겠느냐?"(101)라고 할 때의 '하나'이며, 온갖 변화를 주재하는 참주인이다. "변화를 주관하는 참주인[眞宰]이 분명히 있는데, 그 흔적을 잡을 수 없구나. 참주인이 작용하는 것은 믿을 만한데, 그 모습을 볼 수 없는 셈이지. 실체가 있지만 모양을 알 수 없다는 것이다."(73) 이때 만물(萬物)은 통체의 분신(分身)으로서 부분자(部分子)의 지위를 차지하게 된다. 그러니 부분자가 추구해야 할 참된 지식은 통체의 원리를 깨닫고 그와 하나가 되는 경지로 나아가는 데서 마련될 수밖에 없다.

성인은 사물들이 새어 나갈 수 없어서 언제나 머물러 있는 경지에서 자유롭게 노닙니다. 일찍 죽어도 좋고, 늙어 죽어도 좋고, 태어나도 좋고 죽어도 좋다는 것입니다. 사람들이 그런 사람을 본받으려 하는데, 하물며 모든 것의 뿌리요, 모든 변화의 근원을 본받지 않을 수 있겠습니까? (278쪽)

이 대목에서 나는 두 가지 사실을 떠올리게 된다. 첫째, 장자는 통체(=道)의 속성을 변화라는 관점에서 이해하고 있는 바, 이데아, 천국, 절대이성 따위 같은 고정된 실체를 상정하며 면면히 이어져왔던 서구 철학사의 궤적과는 달리, 변화하는 과정 가운데서 만물의 의미를 파악하고자 하였다. 둘째, 『장자』에는 분별지(分別智)를 경계하는 내용이 여러 차례 등장하기는 하나, 변화의 근원인 통체에 따르고자 하는 지식에 대해서까지 비판적이었던 것은 아니다.

기실 변화는 『장자』에서 가장 강조하는 내용 가운데 하나일 터이다. 제1편 '자유롭게 노닐다[逍遙遊]'의 첫 번째 이야기와 제2편 '사물을 고르게 하다[齊物論]'의 첫 번째 이야기가 모두 변화와 관련된다는 사실이 이를 방증한다. 다음은 오강남의 설명이다.

제1편이 '북명(北冥)'의 물고기 이야기로 시작한 데 반해 제2편은 '남곽(南郭)'에 사는 자기(子綦)라는 사람의 이야기로 시작한다. 북과 남이 대조를 이루고, 물고기와 사람이라는 점이 다르지만, 둘 다 '변화(變化)'를 이야기한다는 점에 공통점이 있다. 다만 그 변화를 제1편에서는 북명

의 물고기가 붕새가 되는 '외형적 변모(變貌)'로 상징했는데 제2편에서는 남곽의 자기가 그것을 '내가 나를 잃었다'고 하는 '내면적 변혁(變革)'으로 표현한 것이 다르다. (62쪽)

내가 생각하기에 인간이 자기 자신을 변화시키지 못한다면 지금 우리가 맞닥뜨리고 있는 근대 체제의 폐해는 극복하기가 어려울 것이다. 물론 도저한 성찰과 반성을 통해서 근대 체제의 폐해와 맞설 수도 있겠으나, 나와 너의 변화가 '탈근대'라고 이를 만한 수준에 육박하기 위해서는 '개별자―합체 세계관'을 뛰어넘는 인식론·존재론의 전환으로 나아갈 수 있어야 하리라고 본다. 『장자』에서 읽어낼 수 있는 '통체―부분자 세계관'은 이러한 모색을 하는 데 커다란 영감을 준다. 내가 종이에서 구름으로 미끄러지는 방식의 사유를 선호하는 까닭이 여기에 있다.

시여, 다시
침을 뱉어라!

김수영의 「시여, 침을 뱉어라」

> 모든 실험적인 문학은 필연적으로 완전한 세계의 구현을 목표로 하는
> 진보의 편에 서지 않을 수 없게 되는 것이다. 모든 전위문학은 불온하
> 다. 그리고 모든 살아 있는 문화는 본질적으로 불온한 것이다. 그것은
> 두말할 것도 없이 문화의 본질이 꿈을 추구하는 것이고 불가능을 추구
> 하는 것이기 때문이다.
>
> ─「실험적인 문학과 정치적 자유」 중

오늘 강의하면서 학생들에게 읽어준 김수영 산문의 한 대목이다.
1968년 김수영은 이어령과 논쟁하면서 세 편의 글을 발표하였다.
「지식인의 사회참여」, 「실험적인 문학과 정치적인 자유」, 「'불온성'

에 대한 비과학적인 억측」. 학기가 시작되기 전 강의계획서를 만들 때는 의식하지 못했으나, 학기 말에 이르러 해당 작품들을 읽다 보니 지금 내가 살고 있는 시대와 죽음에 이르기 얼마 전 김수영이 살았던 시대가 너무나 비슷하다는 생각을 하게 된다.

논쟁을 촉발하게 된 「지식인의 사회참여」는 다음 문장으로 시작된다. "외국에 다녀온 친구들이 항용 하는 말이 우리나라에는 논설이나 회화에 있어서 '주장'만이 있지 '설득'이 없는 것이 탈이라는 것이다."

외국물 먹은 친구들은 한국의 논설, 회화의 수준을 개탄해서 그리 말했겠지만, 김수영은 오히려 "이런 사회에서는 '설득'이 미덕이 아니라 범죄로 화한다"라고 반박하고 있다. "문화의 기반이 약하고, 정치적으로는 노상 독재의 위협에 떨고 있는 사회에 수반되는 현상"이므로 현실에 제대로 대응하려면 주장 이외의 다른 어법은 곤란하다는 것이다.

나는 최근 이와 비슷한 의미의 발언을 접한 바 있다. 12월 6일 『경향신문』에 실린 이상호 사회부 차장의 칼럼 '촛불을 *끄자*'.[9] 제목에서 나타나 있듯이, 기자는 이제 촛불집회에서의 촛불을 *끄자*고 제안한다.

촛불집회란 "상대가 촛불을 통해 당신의 마음을 전해 듣고 보살

---

9) 이상호, "촛불을 끄자", 『경향신문』, 2013년 12월 5일.

펴주리라는 믿음"을 전제했을 때 비로소 효과를 기대할 수 있다. "하지만 지금의 촛불 건너편은 권력에 도취된 이들이 쌓아놓은 높은 종북 담장에 둘러싸여 아무리 외쳐도 메아리가 돌아올 수 없다." 촛불로 불통의 벽을 넘어설 가능성은 기대하기 어려우니 "상대가 누구냐에 따라 마음을 전달하는 방식도 바꿔야 한다"는 것이다.

칼럼의 마지막 문단은 이러하다. "촛불을 끄자. 그리고 차라리 빈손으로 당당하게 민주 시민의 권리를 주장하자. 촛불을 켜고 애원하며 빌어야 할 사람들은 우리가 아니고 불법 앞에 뻔뻔한 바로 저들이다." 칼럼 내용이 민주 시민의 당당한 권리 주장으로 이어질 때, 기자의 식견은 "이런 사회에서는 설득이 미덕이 아니라 범죄"라고 일갈했던 김수영의 목소리 위에 그대로 포개진다. 표현을 달리하면, 1968년 상황으로 퇴행한 2013년의 비참한 현실이 분명하게 드러나고 있다는 말이 된다.

「실험적인 문학과 정치적 자유」에서도 마치 오늘날의 시국을 비판하는 듯한 김수영의 시각을 확인할 수 있다. 김수영이 판단하기에 "응전력(應戰力)과 창조력의 고갈"을 탈피하기 위해서는 많은 자유, 더 많은 자유가 보장되어야 했다.

그런데 이어령의 생각은 이와 달랐던 것 같다. 김수영은 "정치적 자유의 폭이 비교적 넓었던 시기의 문화현상을 '자유의 영역이 확보될수록 한국 문예는 정치적 이데올로기의 도구로 화하여 쇠멸해 가는 이상한 역현상이 벌어지고 있다'고 무모한 일방적인 해석을 내리고 있다"며 "지극히 위험한 피상적인 판단"이라고 지적했다. 덧붙이건대 문화인들의 "응전력(應戰力)과 창조력의 고갈"을 먼저 언급한 이는 이어령이었다.

앞서 인용했던 "모든 전위문학은 불온하다"라는 단정은 이러한 맥락과 연관된다. 내가 보기에도, 김수영이 주장하고 있는 것처럼, 온갖 종류의 규제와 금기가 사라질수록 그에 비례하여 문화(인)의 역동성과 창조력은 증가한다. 예컨대 최근의 한류 열풍은 군사정권 이후 가능해진 폭넓은 상상력의 산물이다.

생각해보라. 이념 대결만이 허용되는 사회에서 〈JSA〉나 〈실미도〉, 〈설국열차〉와 같은 영화가 출현할 수 있을까. 따져보라. 장발을 단속하고 미니스커트의 길이를 단속하는 사회에서 싸이, 노라조 등의 B급 코드에 맞춘 음악이 가능하겠는가.

박근혜 국정원대통령의 '창조경제'도 똑같이 얘기할 수 있다. 진정 창조가 가능해지려면 많은 자유가 보장되어야 한다는 말이다. 그러니 독불장군 마냥 주위의 우려와 비판에 대해 모르쇠로 일관하는 박근혜 국정원대통령의 태도는 제 발목을 부여잡은 형상으로 다가온다. 자신의 치부를 적당히 덮어두지 않는다고 검찰총장을 찍어내는 행태도 그렇고, 무리하게 전교조의 근간을 뒤흔들려는 시도도 마찬가지다. 그럴수록 우리 사회는 경직되게 마련이며, 그럴수록 창조는 더욱 멀어질 수밖에 없다.

박근혜 국정원대통령의 정부가 전가의 보도처럼 휘두르는 종북 이데올로기도 그렇다. 권력 비판자에게 붉은 이데올로기의 딱지를 찰싹찰싹 갖다 붙이는 데 대해서 김수영은 다음과 같이 비판하고 있는데, 나는 여기에도 동의한다. '종박(從朴)'이 절대 가치를 행사하는 사회에서는 자유가 위축되고, 창조력이 소멸하며, 문화가 고사할 것이라고 판단하기 때문이다.

> 선진국의 자유 사회의 문화 풍토의 예를 보더라도 무서운 것은 문화를 정치 사회의 이데올로기와 동일시하는 것이 아니라, 문화를 단 하나의 이데올로기와 동일시하는 것이다. 그리고 우리나라의 경우 문화의 위험의 소재(所在)도 다름 아닌 바로 여기에 있는 것이다. 나치스가 뭉크의 회화까지도 퇴폐적이라는 이유로 그 전위성을 인정하지 않았듯이, 하나의 정치 사회의 이데올로기만을 강요하는 사회에서는 「문예시평」자(이어령-인용자)가 역설하는 응전력과 창조력 ─ 나는 이것을 문학과 예술의 전위성 내지 실험성이라고 부르고 싶다 ─ 은 제대로 정당한 순환 작용을 갖지 못하는 것이 원칙이다.
>
> ─「실험적인 문학과 정치적 자유」 중

강의를 마치고 연구실로 올라가면서 김수영의 다른 산문 「시여, 침을 뱉어라」를 떠올렸다. 수업 시간에 나는 학생들에게 설명했다. 김수영은 "문화의 본질이 꿈을 추구하는 것이고 불가능을 추구하는 것"이라 인식했고, 그래서 "모든 살아 있는 문화는 본질적으로 불온한 것"이라 주장했다고. 그렇다면 나는, 과연 살아 있다고 자부할 수 있으며, 어떤 꿈을 꾸고 있노라 당당할 수 있을까. 자문과 함께 문득 자책이 밀려들었다. 도대체 납득할 수 없는 현실에 부들부들 분노하면서도 겨우 문학 서적에 붙들려 있고, 그런 주제에 건방지게 촛불의 무기력함을 예단하고 있으니….

김수영이 앞에 있다면 내 면상에 대고 침을 딱 뱉기 맞춤하겠다. 금방 깨지고 말 혼자만의 자유를 부여잡고 있으니 말이다.

> 내가 지금—바로 지금 이 순간에— 해야 할 일은 이 지루한 횡설수설을 그치고, 당신의, 당신의, 당신의 얼굴에 침을 뱉는 일이다. 당신이, 당신이, 당신이 내 얼굴에 침을 뱉기 전에. 자아 보아라, 당신도, 당신도, 당신도, 나도 새로운 문학에의 용기가 없다. 이러고서도 정치적 금기에만 다치지 않는 한 얼마든지 '새로운' 문학을 할 수 있다는 말을 할 수 있겠는가. 정치적 자유를 인정하지 않는 사회에서는 개인의 자유도 인정하지 않는다."

—「시여, 침을 뱉어라」

농사꾼의
아들

————

초등학생 때다. 여름방학이 되면 나는 어스름한 새벽 아버지를 쫓아 과수원으로 향하곤 했다. 아버지는 약대를 잡아 제초제, 살충제 등 농약을 치셨다. 나는 약대 줄을 잡아 아버지 쪽으로 당기는 한편 줄이 꼬여 무거워지거나 나뭇가지에 걸리는 일이 없도록 하기 위해 정신없이 뛰어다녔다. 줄이 맘대로 끌려오지 않으면 아버지는 여지없이 불호령이었다. 약통에 적당량의 물을 받는 것도 나의 일이었다.

점심은 바람이 잘 부는 그늘에 앉아서 먹었다. 밥을 먹기 전 아버지는 온갖 것들을 다 벗어내야 했다. 농약이 몸에 닿는 일을 피하기 위해 많은 것들로 몸을 감쌌기 때문이다. 먼저 모자를 벗고, 그다음

선글라스를 벗고, 마스크를 벗고, 비옷 상하의를 벗고. 내가 그걸 차례차례 받아들면 아버지는 그 자리에 털썩 주저앉아 장화를 벗어 거꾸로 들었다. 그러면 장화에서는 물이 콸콸콸콸 쏟아지곤 하였다. 그것은 모두 땀이었다.

흥건하게 고였다가 쏟아지는 땀줄기를 보면서 나는 폴짝폴짝 뛰어 시원한 물 두 통과 담배를 들고 왔다. 내가 열 번에 걸쳐 나누어 먹어도 도저히 넘기지 못할 양의 물을 단 한 번에 벌컥벌컥 들이켜던 빨갛게 달아오른 아버지의 얼굴. 그 갈증과 그 열기를 어떻게 견딜 수 있는 걸까,라고 나는 매번 생각하였다. 누가 농약을 치다가 쓰러졌다는 말이 가끔 들려오기도 했다. 그럴 때면 나는 조마조마한 심정으로 아버지를 올려다볼 따름이었다.

식사를 끝내고 잠깐 자고 나서 다시 오전의 일을 반복하였다. 땅 위로 피어오르는 열기는 지금도 눈에 보이는 듯하고, 짧아졌다가 길어지는 그림자의 길이에 몰두하며 겨우겨우 감당하였던 지루함은 아직껏 또렷하게 살아 있다. 그런 시간을 견디면서 나는 고등학생 때까지 보냈다. 그리고 지금의 나는 그 시절 아버지의 나이에 근접하고 있다. 이런 나이를 생각할 때면 당시 아버지께서 해주신 이야기 하나가 분명하게 떠오른다.

일을 하고 집으로 돌아간 어느 날. 뉴스의 앵커는 수은주가 가장 높게 올라간 날이었다고 알려주었다. 그러면서 에어컨 아래 있어도 덥더라는 어느 양복쟁이의 인터뷰를 내보이기도 했다. 치, 아버지와 나는 내리쬐는 햇볕을 그대로 맞으며 노동을 하였는데. 세상이 왜 이리 불공평하냐는 눈으로 쳐다보고 있으려니 아버지께서 들려주신 말씀이다.

"세상에는 두 종류의 사람이 있지. 펜대를 굴리며 사는 사람과 몸뚱이를 굴리며 사는 사람. 오늘 같은 날 에어컨 바람 맞으면서도 덥다고 하는 사람들은 펜대를 굴리며 사는 사람이고, 나는 몸뚱이를 굴리며 사는 사람이야. 이제껏 그렇게 살아왔으니 새삼스럽게 누굴 탓할 일도 아니지. 넌 아비 잘못 만나 그 고생이지만. 공부하라는 이유가 거기 있어. 나처럼 살지 마라는 거야. 네가 알아서 할 일이지.

만약 네가 펜대 굴리며 살게 된다면 말이야, 나처럼 사는 사람이 있다는 사실이나 잊지 않으면 돼. 나 같은 사람이 우리나라에 절반보다도 훨씬 더 되는데, 그 사실을 모르는 사람이 많단 말이야. 그걸 알아야 스스로 행복한 줄 알지. 함부로 남을 무시하지도 않을 테고. 자, 난 이제 맥주 먹을 거니까, 넌 지금 가서 네가 좋아하는 통닭이나 한 마리 사 와라. 빨리 먹고 일찍 자야 내일 아침에 늦지 않지."

농사꾼의 아들이기 때문일까. 나는 요새 너나없이 주식 투자로 몰려가는 양상을 비판적으로 바라본다. 거기에서는 땀 냄새가 안 나기 때문이다. 골프장을 지어 경제를 살리겠다는 참여정부 초기의 정책에 냉소를 보냈던 까닭도 마찬가지다. 사회가 이렇게 흘러가서는 곤란하다.

참여정부는 치솟는 주가를 경제정책의 성과로 내세우고 있다. 하지만, 나는 여기서 공황의 전조(前兆)를 읽는다. 그리고 경제학 서적에서 읽은 바 있는 산업자본주의 이후 도래한 금융자본주의의 위기

를 떠올리기도 한다. 아마 4, 5년이 지나기도 전에 지금 내 말의 의
미를 확인할 수 있을 것이다.

2부 〰〰〰〰〰 '민족' 경계의 안과 밖

문학의 창에 비친 한국 사회

A급 전범 사사카와 료이치와
연세대의 아시아연구기금
그리고 류석춘

"직접적인 가해자는 일본이 아니다. 위안부는 매춘의 일종이었다."

류석춘 연세대 교수가 망언을 쏟아내었다고 한다. 소식을 들었을 때 그러려니 했다. 그는 2004년부터 2010년까지 아시아연구기금 사무총장을 역임한 인물이 아니었던가. 류 교수에 대한 비판이 거세지자 이를 마녀사냥으로 규정한 '류석춘 교수의 정치적 파면에 반대하는 연세대학교 재학생 및 졸업생 일동' 명의의 대자보가 붙었을 때도 그럴 만하다고 여겼다. 1995년 아시아연구기금을 유치하여 지금까지 뚝심 있게 운영하고 있는 학교가 연세대이기 때문이다. 유치 당시 설치 기금은 100억 원 가량이었던 것으로 알려져 있다.

아시아연구기금을 출연한 단체는 일본재단(Nippon Foundation, 사사카와재단)이고, 일본재단의 설립자는 사사카와 료이치(笹川良一)다. 사사카와 료이치는 '가미가제 특공대'를 창안하고 국수의용항공대를 창설한 인물이다. 태평양전쟁이 끝난 뒤 A급 전범으로 3년 간 수감되었던 그는 이후 재력을 축적하여 1962년 사사카와재단을 설립하였다. 이후 사사카와 료이치는 재단을 통하여 세계 유수 대학에 기금을 제공하면서 일제의 전쟁 범죄를 미화시키는 한편, 일본 역사의 왜곡을 조직적으로 지원하였다.

일본재단의 기본 성향은 1997년 결성된 일본의 '새로운 역사교과서를 만드는 모임'(이하 '새역모')과의 관계를 통하여 확인할 수 있을 듯하다. '새역모'는 일제의 근대 침략사에 대해 반성하는 자국 역사학계의 경향을 자학 사관으로 규정하면서, 이를 극복하겠노라고 조직된 단체다. 물론 그 극복이란 일본 극우파 논리의 마련 및 확산이다. 당시 사사카와재단은 새역모의 자금줄 역할을 담당하였고, 현재 일본재단의 이사장 사사카와 료헤이(笹川陽平, 사사카와 료이치의 3남) 및 평의원들은 여러 방면에서 극우적 발언을 공공연하게 쏟아내고 있다. 일본재단 평의원이 새역모 정신을 이어가는 단체에서 활동하는 사례도 발견된다. 침략 전쟁을 긍정하는 새역모 관련 역사 교과서는 2001년 채택률이 0.039%에 불과했으나 2013년을 지나면서 70%를 넘어섰다고 한다.

우리나라에서는 2000년대에 한국의 새역모로 평가되는 뉴라이트가 출현하였다. 새역모와 뉴라이트는 그만큼 역사 해석의 관점이 유사한데, 류석춘도 뉴라이트의 일원이다. 뉴라이트는 새역모가 그러했듯이, 근현대사 해석을 둘러싸고 전복을 시도한다. 여러 학자의 글을 모은 『해방 전후사의 재인식』(책세상, 2006), 『반일 종족주의』(미래사, 2019) 그리고 박유하 교수의 『제국의 위안부』(뿌리와이파리, 2013)는 그 산물이라 할 수 있다. 일본 새역모의 뒤를 이어 한국에서 뉴라이트가 출현한 것은 우연일까. 그에 앞서 진출하여 학계에 살포되었을 사사카와재단의 연구 기금과는 과연 아무런 상관이 없는 것일까. 아시아연구기금을 누가 받아갔는지 내역은 알 수 없으나, 나는 이러한 합리적 의심을 거둘 수가 없다.

물론 아시아연구기금을 받고 일본 극우의 입장에 입각한 글을 작성한 것으로 확인되더라도 할 말이 있을 터이다. 연구비는 연구비일 따름이며, 연구는 그와 별개로 학문의 자유에 따라 진행한 것이라는 주장. 즉 학문의 자유를 방패삼으리라는 것이다. 이우연 낙성대경제연구소 연구위원의 논리 구조가 그러하지 않던가. 그는 일본 극우단체 국제경력지원협회(ICSA)로부터 제안과 지원을 받아 유엔(UN) 인권이사회에 나서서 "일본의 강제징용은 없었다"고 발표하였다. 배경이 드러나자 그는 "일제강점기 한국인 노무자들이 합법적으로 평등하게 일했다는 건 학문적 판단이고 소신"이라고 밝혔다. 국제경력지원협회는 국제사회에서 위안부 문제를 부정하기 위하여 만들어진 것으로 추정되는 일본 극우단체다.

설령 아시아연구기금에 포섭된 학자들이 그리 주장할지라도 우선 연구 기금과 그 수혜를 받은 학자들의 관계는 투명하게 밝혀져야 한다. 진정으로 심각하게 문제의식을 느끼고 있다면, 류석춘 교수 파면을 요구하는 연세대 재학생과 졸업생들은 아시아연구기금의 운영 내용을 밝히라고 요구하는 한편, 아시아연구기금의 해체 주장으로까지 나아가야 한다. 청와대에서 중용하는 유력 인사가 아시아연구기금에 연루되어 있더라도 그러한 노력을 멈춰서는 안 된다. 정치 지형을 떠나, 민족 경계를 넘어 보편적인 인권 가치는 아무리 시간이 흐르더라도 존중받고 지켜져야 하기 때문이다.

영화 속
김원봉, 이극로가
반가운 까닭

2019년은 3·1운동이 벌어진 지 100년 되는 해다. 영화나 텔레비전에서 소개되는 항일 투사의 면면에서 나는 그 사실을 실감하곤 한다. 이런 분들은 우리가 마땅히 끌어안아야 하지 않나, 싶었던 사례가 대중들에게 속속 알려지고 있기 때문이다.

세부 전공이 다르기는 하지만, 한국 현대문학을 전공한 내가 우리나라의 근현대사에 조금이나마 식견을 가지게 된 것은 연구 대상이 되는 시인, 작가들이 그만큼 치열하게 살아나갔던 덕분이다. 예컨대 저항 시인 이육사의 경우를 보자. 조선혁명군사정치간부학교 제1기 졸업생인 그는 「연인기(戀印記)」에서 귀국 직전의 상황을 기술하고 있다. "몇 사람이 모여 그야말로 최후의 만찬을 같이"하였는데,

그중 S에게는 나로부터 무엇이나 기념품을 주고 와야 할 처지였다."
그래서 그는 "꼭 목숨 이외에 사랑하는 물품"이랄 수 있는 비취 인
장에 "贈S·一九三三·九·一〇·陸史"라고 새겨 선물하고 조선으로
돌아왔다.

여기서 S는 윤세주다. 훗날 윤세주는 조선의용대 부대장으로 활
약하던 중 전투에서 사망하였다. 일제 측 조서에 따르면, 교장 김원
봉과의 의견 차이로 인해 육사가 졸업 후 귀국했다고 되어 있으나,
취조받으며 내놓은 육사의 답변을 액면 그대로 믿어서는 곤란하다.
일제는 왜 경북 안동에서 체포한 육사를 굳이 중국 북경으로까지
끌고 가서 고문해야만 했을까. 김원봉, 윤세주와 절연하기는커녕 물
밑에서 연계하여 치열하게 활동한다고 파악하였기 때문이다. 북경
감옥에서 육사는 유고시로 「광야(曠野)」, 「꽃」을 남겼다. 이 두 편의
시는 육사의 죽음 위에서 읽어야만 비로소 그 의미가 드러난다.

1933년 9월 10일 S 등과 가졌던 저녁 모임은 "그야말로 최후의
만찬"이었다. 1942년 윤세주는 전사하고 말았으니, "청포를 입고 찾
아온다고" 했던 "내가 바라는 손님"은 결코 돌아올 수 없었던 것이
었다. 뿐만 아니라 육사마저 1944년 고문 끝에 사망하고 말았으니,
"은쟁반에 하이얀 모시 수건을 마련해"둘 사람조차 부재한 상황이
었다. 청포도는 그들이 죽고 나서야 비로소 익은 셈이었다고 할까.
그렇지만 그 청포도조차 "두 손은 함뿍 적셔도" 좋을 만큼 제대로
익지는 못했다.(「청포도(青葡萄)」) 해방을 맞이했음에도 불구하고, 조
선의용대 대장을 지낸 김원봉이 친일 경찰 출신의 노덕술에게 온갖

치욕을 당한 끝에 결국 북조선으로 넘어가야 했던 정황이 이를 상징적으로 드러낸다.

김동리가 이태준과 관계 맺는 양상도 단순치 않다. 1934년 동리는 3대 민간 신문 신춘문예의 시, 소설 부문에 모두 투고하였으나, 『조선일보』에 시가 당선도 아닌 입선에 그쳤을 따름이었다. 실의에 빠진 동리에게 백형 김정설은 『조선중앙일보』 학예부장 이태준을 만나도록 한다. 이후 몇 번의 만남을 통해 동리는 이태준에게 소설 창작에 관한 설명을 들었고, 1935년 『조선중앙일보』 신춘문예에 「화랑의 후예」가 당선됨으로써 소설가의 길을 걷게 되었다. 구인회 좌장이자 잘나가는 소설가였던 이태준은 한낱 풋내기에 불과한 동리에게 왜 이토록 공을 쏟았을까.

이를 이해하기 위해서는 백산 안희제를 알아야 한다. 백산 안희제는 임시정부 운영자금의 60% 이상을 전달한 인물이다. 장학회 사업도 벌였던 그는 김정설, 이극로, 안호상, 신성모, 이태준 등을 외국에 유학 보내기도 하였다. 신문사 취업에 번번이 실패하던 이태준은 백산의 『중외일보』('조선중앙일보' 전신) 사장 취임과 더불어 기자가 될 수 있었다. 그러니까 이태준과 김동리·김정설을 매개하는 인물이 바로 백산이었던 것이다. 또한 이태준이 국문 의식을 꼿꼿하게 세워나가는 데 기반을 제공했던 이는 이극로였다. 독일 베를린 대학에서 언어학을 체계적으로 습득한 이극로가 귀국한 뒤 기존 '조선어연구회'는 '조선어학회'로 거듭날 수 있었고, 여기서 표준어 사정위원회를 두 차례 열었을 때 『문장 강화』의 저자 이태준은 각각 전형위원과 기록을 담당하였다.

조선어학회 사건이 터지자 이극로는 당연히 옥고를 치를 수밖에 없었다. 또한 이극로와 관련이 있는 단체까지 탄압을 피해갈 수 없었으니 대종교가 임오교변을 겪는 과정에 잡혀간 백산은 고문 끝에 1943년 죽음을 맞이하였다. 그리고 해인사 사건으로 얽힌 김정설도 영어(囹圄)의 운명을 피해가지 못했다. 조선어학회 사건, 임오교변, 해인사 사건은 하나의 뿌리를 가진 세 개의 가지였던 셈이다. 흥미 삼아 덧붙이건대, 동리의 첫 번째 결혼식 주례는 김정설과 호형호제하였던 만해 한용운이었다.

하나하나 되짚어보다가 문득 나 자신을 왜소하게 느끼게끔 만드는 인물들이 있다. 그들이 보여주었던 치열함을 감히 따르지 못하더라도, 그 이름만이라도 간직하는 게 우리의 일이 아닐까. 그런 마음으로 3·1운동 100주년을 맞이한다.

이광수의 민족의식과
자유한국당의 청와대 비판

자유한국당 황교안 대표가 "청와대와 조금이라도 생각이 다르면 죄다 친일파라고 딱지를 붙이는 게 옳은 태도냐"라고 항변했다. 나경원 원내대표는 "2년 내내 '북한팔이'하던 정권이 이제는 '일본팔이'로 무능과 무책임을 덮으려 한다"고 비판했다. 일본의 무역 공세에 대응하려면 추가경정예산이 시급하게 통과되어야 할 텐데, 이러저런 이유로 이를 가로막고 있는 측에서 하는 얘기라 설득력이 없어 보인다. 더군다나 그네들은 2015년 국민의 반대에 맞서서 얼토당토않은 '일본군 위안부 피해자 문제 관련 합의'를 진행시킨 세력이다. 거슬러 올라가면, 1965년 체결된 한일청구권협정이 현재 논란에 단초를 제공한 측면이 있으므로, 당시 조약을 체결하는 데 주체로 나섰던 이들의 후예라면 그 태도가 조심스러워야 한다.

더구나 나경원 원내대표의 경우엔 비판할 자격이 있나 싶기도 하다. 그는 2004년 일본 자위대 창설 50주년 기념행사에 참석했던 전력이 있다. 행사장 입구까지만 갔을 뿐 안으로 들어가지는 않았다는 게 나름의 항변인데, 항변의 근거가 퍽 궁색하다. 2015년 '일본군 위안부 피해자 문제 관련 합의'가 체결되었을 때 즉각 나서서 잘된 협상이라 옹호했던 이도 나경원이며, 올 상반기 "해방 후 반민특위로 인하여 국민이 무척 분열했다"라고 발언하여 논란을 불러일으켰던 인물도 나경원이다. '나베 경원'이란 말이 괜히 나도는 게 아니다. 일본과 관련된 사안이라면 이처럼 그는 진작부터 국민의 반일 정서에 대립각을 세우며 활동해오고 있었다. 그렇다면 그는 꾸준히 '일본팔이'를 유도해왔던 셈인가.

이들의 주장을 듣고 있으면 이광수의 민족주의가 떠오른다. 민족을 위하여 친일하였노라, 이광수는 주장한다. 어쩌면 그러했을지도 모르겠다. 예컨대 일본 동경으로 제2차 유학을 떠나는 도중 그는 총독부 기관지 『매일신보』1916년 9월 20~23일자에 「대구에서」란 글을 발표하였다. "해외에 있어 격렬한 사상을 고취한 자가 동경에 와서 이삼 년간 교육을 받는다면 번연 인구몽(飜然 引舊夢)을 버려 이전 동지들에게 부패하였다는 조소까지 듣게" 되는데, 일본의 발전상을 미처 모르는 자들이 감히 일본에 맞서고자 한다는 내용이다. 3·1운동 이후 많은 이들이 목숨을 내걸고 조국의 해방을 위해 나섰을 때, 식민지 상황을 수용하여 다만 일제로부터 자치권을 인정받는 수준에서 그쳐야 한다고 주장하였다. 십분 양보하여 이해하자면, 같은 조선인의 투옥이 안타깝고, 죽음으로 내몰리는 처지가 가슴 아파서 그러했을 터이다.

해방에 관한 나름의 방안이 이광수에게 없었던 것도 아니다. 그는 『매일신보』 1940년 7월 6일자 「황민화와 조선문학」에서 "자발적, 적극적으로 내지 창조적으로 저마다 신체의 어느 부분을 바늘 끝으로 찔러도 일본의 피가 흐르는 일본인이 되어야 한다"라고 주장한 바 있다. 김기진이 이에 대해 따져 물었다. 1944년 11월 난징에서 열린 제3차 대동아문학자대회에 함께 참석하여 숙소에 들었을 때다. 춘원은 설명한다. "우리 민족은 일대일로 한다면 어느 민족에게도 지지 않소. 그러니까 일대일로 나가기만 하면 우리가 이깁니다. 우리가 철저히 황국신민이 된다면 일본 정부의 육군 대신도 조선 사람, 총리 대신도 조선 사람이 될 날이 오고야 말 것이오. 그러면 일본 민족은 아뿔싸! 조선 민족과 분리해야겠다, 야단하겠지요. 그러면 그때 못 이기는 척 독립하잔 말이오."[10]

팔봉 김기진은 이광수의 이러한 구상에 대하여 조소를 날리고 있다. 친일 활동을 벌였던 김기진조차 도저히 동의할 수 없었던 것이다. 일각에서 춘원문학상을 만들어 기리고 있으나, 현재 한국인들 대부분에게 이광수는 친일파로 남아 있다. 자, 이러한 평가가 과연

[10] 김기진, 「우리가 걸어온 30년」, 『思想界』, 思想界社, 1958년.

생각이 조금만 다르다고 죄다 친일파 딱지를 붙이는 행태일까. 톨레랑스(tolerance)라든가, 화이부동(和而不同)이라는 가치는 마땅히 존중되어야 한다. 허나 존중받을 만한 입장에는 그에 값하는 자격이 요구된다. 이삼 일 전 지지율 급락에 내쫓긴 자유한국당에서 독도는 우리 땅이라고 주장하고 나섰다. 모처럼 바른말을 했다. 그런데 청와대가 아닌, 러시아와 일본을 향해 펼쳤더라면 더 좋지 않았을까. 아직도 갈 길이 멀다.

한국 우파의 뿌리는
일본에 있나

『해방 전후사의 재인식』에 대하여

"강남의 귤이 회수를 건너면 탱자가 된다."

『해방 전후사의 재인식』(책세상, 2006)을 읽다가 문득 떠오른 속담이다. 일본 극우파의 논리가 현해탄을 건너 이 땅에 상륙하면서 '탈식민주의'의 의상으로 갈아입는 현상이 너무도 뻔히 드러났던 것이다. 그래서 자기네 나라의 이익을 전면적으로 내거는 일본 극우파와 비교하여 한국의 우파들을 기이한 눈으로 바라보게 된다. 한국의 우파들은 반민족적 정체성을 기반으로 태동하는 것인가.

예컨대 김철 연세대 교수의 「몰락하는 신생—'만주'의 꿈과 「농군」의 오독」을 보자. 민족적인 색채가 다분한 이태준의 「농군」을 굳이 친일의 가능성을 덧입혀 해석하려 드는 심사를 이해할 수가 없다. 나 자신이 나서서 이를 실증적으로 조목조목 비판하기도 하였다. 이 논문은 『탈식민주의를 넘어서』(소명출판사, 2006)에 실려 있다.

마침 『해방 전후사의 재인식』과 비슷한 시기에 출판된 까닭에 언론사로부터 연락을 받기도 했다. 입장이 상반된 두 편의 논문을 비교하여 기사를 작성하겠다는 내용이었다. 그렇지만, 이는 무산되고 말았다. 서양사를 전공한 박지향 서울대 교수를 『해방 전후사의 재인식』의 대변인으로 내세우며 저쪽에서 논의를 피했기 때문이었다.

이런 상황에 접한 기자는 꽤나 어이가 없었나 보다. 다음과 같은 기사를 써 냈으니 말이다. "정치결사의 대변인도 아니고, 아무리 『재인식』 깃발 아래 모였다지만 각각 다른 주제로 다른 뉘앙스의 글을 발표한 필자들을 대표해 나 홀로 말하겠다니…. 그 반(反)학문적 유치함이란 잠자던 소가 웃을 일이다."[11]

최경희의 '친일 문학의 또 다른 층위―젠더와 「야국초」'도 답답하기는 마찬가지다. 최경희의 「야국초」에는 친일의 색채가 너무도 분명하게 드러난다. 뿐만 아니라 「야국초」를 쓰기 이전에도, 이후에도 최경희는 꾸준히 친일적인 글들을 발표하였다. 그러니 페미니즘의 관점에서 최경희가 「야국초」를 발표한 이후 "'절필'까지도 예측케 하는 해석의 여지를 품고 있다"라고 논의를 이끌어가는 이 논문의 한계는 명백하다.

---

11) 김종면, "해방 전후사 재인식과 '뉴라이트 콤플렉스'", 『서울신문』, 2006년 2월 18일.
   <http://www.seoul.co.kr/news/newsView.php?id=20060218010004>

논문을 작성할 당시 자료가 부족해서 그런 오류를 범했다면,『해방 전후사의 재인식』에 묶을 때 그러한 내용을 전면적으로 수정했어야 합당한 일 아닐까. 일제가 강조했던 멸사봉공(滅私奉公)의 정신에 따라 제 아들을 죽음의 길로 내모는 어머니를 설명하는 데 어떤 페미니즘 이론이 적용되는지 나로서는 도대체 이해할 수가 없다.

김철은 민족적인 색채가 드러나는 작품에 친일의 혐의를 제기하고 있다. 반대로 최경희는 친일적인 색채가 분명한 작품을 다르게 읽어내고자 노력하고 있다. 이렇게 하면서 민족적인 경계는 희미하게 지워져간다. 바로 그 지점에서 그들의 논리는 일본 극우파가 내세우는 "자학사관의 극복"과 만난다. 가해자와 피해자의 모호한 뒤섞임 속에서 역사는 은폐되게 마련이며, 그에 따라 반성의 여지는 증발해버리기 때문이다.

이 대목에서 나는 '아시아연구기금'의 사용처가 궁금해진다. '아시아연구기금'은 일본재단(Nippon Foundation)으로부터 연세대학교로 흘러들어간 100억 원의 연구비를 가리킨다. 그리고 일본재단을 설립한 이는 가미가제특공대를 창안하고 국수의용항공대를 창설한 A급 전범 사사카와 료이치(笹川良一)다.

일본재단은 세계 유수의 대학에 기금을 제공하며 일본의 침략사를 희석시키려 꾸준히 노력해왔다고 한다. 역사 왜곡의 주범인 '새 역사교과서를 만드는 모임'에도 일본재단은 깊숙이 관여하고 있다. 그러니까 일본 극우파의 '검은돈'이 연세대학교에 연구기금으로 버젓이 들어온 것이다.

대체 한국의 소위 어느 지식인이 '아시아연구기금'을 받아갔을까. 그들은 과연 어떤 연구를 진행하였을까. 명확히 밝혀진 바 없으니 더 이상의 진술은 어렵겠다. 그렇지만 이래서는 곤란하다는 생각만은 분명하다.

만약 자금의 사용이 떳떳하다면, 그래서 자금의 성격과 연구의 내용이 별 상관이 없다면 내막을 못 밝힐 까닭이 없는 것 아닐까. 그리고 연세대생들이라면 마땅히 이 문제에 관심을 가져야 하지 않을까. 민족시인 윤동주가 그들의 자랑스러운 선배 아닌가.

일본 정부가 고등학교 교과서에서 독도를 일본 영토로 기술하라고 지시했다고 한다. 아마 일본의 이러한 도발은 당분간 계속될 것이다. 이런 전망 위에서 『해방 전후사의 재인식』을 읽는 나의 마음은 무겁다. '아시아연구기금'을 바라보는 나의 시선 또한 고울 리 없다. 빼앗긴 들은 찾았으나 아직은 쌀쌀한 봄이다.

동백꽃 보며
장두를 떠올리다

오경훈의 『제주항』,
마빈 해리스의 『식인과 제왕』

　이번에는 연말연시를 고향 제주에서 맞고 싶었다. 방학도 했겠다, 채점도 마쳤고 해서 별다른 부담감 없이 12월 31일 마지막 비행기를 탔다. 서울은 한파로 인해 며칠 시끄러울 때였으나 제주는 상대적으로 퍽 포근했다. 비행기에서 방송으로 들은 바에 따르면 영상 2도라던가. 마중 나온 동생은 그 날씨도 이틀 전부터 갑자기 추워진 것이라 했다.

　날이 밝아 정원을 내다보니 동백꽃이 풍성하게 피어 있다. 역시 제주라는 생각이 들었다. 물론 날씨가 따뜻해서 꽃이 핀 것이겠으나, 하필 그게 동백꽃이니 새삼 그 의미가 각별하게 다가왔던 것이다. 제주에서는 동백꽃을 장두꽃이라고 부르기도 한다. 아마도 꽃이 질 때 한 잎 한 잎 떨어지는 것이 아니라 통꽃으로 툭 떨어지는 모양이 효수당한 장두의 머리를 닮아서 붙여졌을 게다. 생각해보면 추운 겨울에 맞서 기어코 붉게, 붉게 피어나는 그 기상도 장두를 닮은 바 있다.

장두를 다룬 내용으로 널리 알려진 작품으로는 현기영의 장편소설 『변방의 우짖는 새』(창작과비평사, 1983)를 꼽을 수 있다. 이 소설에서는 1898년의 방성칠의 난, 1901년 이재수의 난이 다뤄지고 있으니 두 명의 장두가 소개된 셈이다. 『변방에 우짖는 새』는 훗날 박광수 감독에 의해 〈이재수의 난〉(1999)이라는 제목으로 영화화되기도 하였다. 이 글에서는 사람들이 많이 알고 있는 작품을 새삼스럽게 얘기하는 것보다는, 완성도는 높으나 그에 합당할 만큼 소개되지 않은 작품을 살펴보는 것이 어떨까 싶다. 제주에 풍성하게 핀 동백꽃을 놓아두고 상경한 후 오경훈의 연작소설집 『제주항』(각, 2005)에 손을 뻗은 까닭은 여기에 있다.

오경훈의 『제주항』은 퍽 흥미롭다. 소설집을 관통하는 하나의 소재가 제주항이며, 이를 매개로 하여 각 소설들은 변방에 자리한 제주도에서 벌어졌던 사건들을 다채롭게 펼쳐내고 있기 때문이다.

예컨대 「객사(客舍)」는 18세기 중엽 제주 목사 겸 방어사로 부임했던 노봉을 다루고 있는데, 노봉은 몸소 돌을 지고 현재 제주항의 기반이 된 산지포구를 축항한 인물이다. 「비극의 여객선」은 일제 말기 중국과 미국의 전쟁에서 결전장으로 빨려 들어갔던 제주의 상황을 그려내고 있다. 그러니까 출륙금지령(出陸禁止令)이 내려졌던 조선 시대로부터 국권을 빼앗겼던 식민지 시대, 이념 혼란이 극심했던 해방 이후 현재에 이르기까지 제주의 면모가 이러한 방식으로 고스란히 담겨 있는 책이 『제주항』이라는 것이다. 국사(國史)가 아닌 지역사(地域史)의 관점에서 세계사의 소용돌이를 파악해나갈 수 있다는 점에서 『제주항』은 적지 않은 관심을 불러일으킨다.

『제주항』에서 장두에 관한 내용이 등장하는 소설은 「모변(謨變)」이다. 시간적인 배경은 이재수의 난이 일어나던 바로 그즈음. 강화도조약이 맺어지고 '재조선국 일본인민통상 장정'이 발효됨에 따라 일본 어민들이 제주 바다에서 조업을 하면서부터 문제가 발생한다. "그들이 제주도민에게 주는 피해가 얼마나 컸느냐 하면 산지포구 동쪽 동대머들 언덕에 살던 어가(漁家)들 반이 전라도 경상도로 이사를 가버렸을 정도였다. 제주 목사가 저쪽 관찰사에 서한을 보내 그들을 귀환시켜주도록 요청하였으나 돌아온 사람은 없었다."(46쪽) 물론 제주도에 남은 사람들은 당연히 일본 어선의 출어에 반대했을 터이나, 조정은 오히려 일본의 편에 서는 양상이었다. "몇 해 전, 통리아문 주사 안길수가 제주도에 왔을 때 조정은 그로 하여금 일본 어선의 출어에 반대하는 제주 어민들을 설득도록 하였다. 그 설득이라는 것은 조선국과 일본국 사이에 합의한 조약은 평등한 것이므로 섬 주민들이 분쟁을 일으키지 못하도록 타이르는 것이었다."(47쪽)

제주 어민들이 이를 수긍하지 못했음은 당연하다. "강자와 약자 간에 서로 바다를 개방키로 한 것이 어찌 평등이 되는가. 동력선을 만들지 못하는 조선이 어찌 일본 바다로 나가 조업할 수 있는가."(47쪽) 근대 장비를 앞세운 일본 잠수선의 해녀 어장 침범과 이에 따른 무분별한 해산물 채취 역시 심각하였다. "제주에 들어와 있는 일본 어선은 48척, 인원은 190명이었어요. 물속에서 송기관으로 숨을 불어내는 일본 머구리들은 한 사람이 생복 40관을 잡는데 물속에서 가쁜 숨을 누르고 버지럭거리는 우리 해녀들은 고작 2관을 잡는 거예요. 왜놈들을 빨리 쓸어버리지 않으면 해산물을 다 잃고 말 겁니다."(64쪽) 그러니까 당시 제주 어민들은 생존권의 확보 차원에서 심각한 위기에 처할 수밖에 없었던 것이다.

이런 상황 가운데서 사건이 터졌다. "해녀들은 반나체로 잠수하였으므로 그녀들의 작업장에 남자들이 접근하는 것은 금기로 되어 있었다. 그런데도 일본 잠수부들은 섬의 풍속을 가소롭게 짓밟으면서 여인들이 있는 곳을 마음대로 휘젓고 다녔다."(46쪽) 그러다가 결국 일본 잠수부들은 해녀를 범하기에 이르렀다. 심각한 사건이 터졌음에도 불구하고 목사 이하 제주 관리들은 일인 머구리들로부터 뇌물을 받아먹으면서 그들을 비호할 따름이다. 장두가 출현하는 것은 바로 이 순간이다.

"관이란 호렴이나 매기고 중간에서 뜯어내어 법강을 흐리게 하는 곳이 아닙니다. 엄정히 생각해봐야 합니다. 이제는 백성들이 일어나서 도의를 바로잡아야 할 때가 되었습니다. 스스로 일어서서 법과 기율을 세워야 할 때가 왔습니다."

기돌의 얼굴은 낮술을 한잔 걸친 것처럼 붉었다.

"이 몸이 젊다 해도 어깨너머로 더러 배운 게 있은즉 감히 주동이 될까 합니다. 소요에 가담한다 해서 모두 일률로 논단되는 것은 아니므로 수뇌가 목을 내놓으면 추종은 중형을 면할 수 있습니다."

기돌이 주동이 될 뜻을 미리 밝혀 숨을 삼키고 있는 사나이들에게 안심을 주었다. 황기가 끼었던 사나이들이 굳은 목을 텄다.

"목을 내놓겠다는 거요? 두렵지 않소?"

"성질 급해서 앞뒤 안 보고 덤비는 것 아니오?"

"두렵지 않은 자가 어디 있겠소. 나는 여러 날을 두고 생각해보았습니다. 두려움과 싸웠습니다. 옛날에는 왜 장두가 많이 나왔을까, 우리들은 너무 미욱한 게 아닌가 하고 생각해보기도 하였습니다. 성질 급해서 목을 내놓는 게 아닙니다. 이웃과 맺어진 끈이 질기게 남아 가슴을 아프게 하기 때문입니다. 여러분들에게도 그런 마음이 더러 있으리라고 믿습니다."

이렇게 말하자 기돌은 감정이 확 퍼져서 몸이 뜨겁게 달아올랐다. 힘이 솟는 것 같기도 하였다.

"이웃이 불행한 데 무심할 수 없단 말이지요. 동정심이 밭아버리면 사람도 짐승이나 다름없이 되는 법, 벌써 이상한 일이 일어나고 있지 않습니까. 사소한 것을 얻으려고 앞뒷집 간에 싸움이 일고 시기하고 원망하고. 가난한 집에서는 음식을 놓고 다투기도 한다는 거예요. 정작 미워해야 할 사람은 따로 있는데." (49~50쪽)

기돌의 두 차례에 걸친 거병(擧兵) 계획은 실패로 돌아간다. 민중의 움직임을 감당하지 못하고 등소(等訴) 수준에서 타협해버린 다른 지도자의 위약함이 첫 번째 실패 이유이며, 천주교 세력의 폭압에 맞서 장두 이재수가 먼저 따로 움직였고, 이에 따라 천주교도의 보호라는 명목 아래 불국(프랑스) 군대가 제주에 들어옴으로써 결국 거병의 시점을 놓쳐버린 것이 두 번째 실패 원인이다. 승패를 떠나서 나는 장두가 출현하는 방식에 관심을 기울이게 된다. 장두는 민중 가운데서 어느 한순간 불쑥 고개를 내민다. 그는 자신이 무언가를 얻기 위해서가 아니라, 자기가 가진 모든 것을 스스로 쏟아내기 위하여 장두의 자리를 차지한다. 그의 앞에는 불행한 이웃, 그러니까 깨어져서는 결코 안 될 그러나 위태로운 상황에 직면한 공동체가 자리하고 있다. 기실 제주도에서 이러한 장두가 툭툭 등장했던 것은 섬 특유의 공동체주의 위에서 이해해야 할 것이다.

아마도 마빈 해리스의 논문 「원시국가의 기원」[12]은 '장두'라는 존재의 존립 방식을 해명하는 데 도움이 될 것이다.

그는 '시원적'(pristine) 국가와 '제2단계의'(secondary) 국가를 구분하고 난 뒤, 시원적 국가의 '빅맨'에 관하여 설명한다. "인류학자들은 농업 생산의 증강을 앞장서서 밀고 나가는 자들을 '빅맨'(big man, 왕초나 우두머리 따위의 뜻—역자)이라 부르고 있다. (…) '빅맨'은 부지런히

---

12) 마빈 해리스, 『식인과 제왕』, 정도영 옮김, 한길사, 2000.

일하며 야심적이고 공공심을 가진 인물로서 자기 친척이나 이웃 사람들을 부추겨 많이 생산한 만큼의 여분 음식을 차려 큰 잔치를 베풀겠다고 약속하여 자기를 위해 일하도록 끌어들이는 자들이다. 잔치가 열리면 자기를 도와주었던 의기양양한 얼굴들에 둘러싸인 빅맨은 산더미 같은 음식과 선물들을 이것 보라는 듯 호기롭게 나누어주되 자기 몫으론 하나도 남기지 않는다."(116쪽)

그렇다면 빅맨이 원하는 것은 무엇인가. '위대한 시혜자'(great provider)로서의 명성이다. 그리고 빅맨은 "사람들을 끌어모아 자기를 위해 일하게 하는 능력 못지않게 사람들을 끌어모아 자기를 위해 싸우도록 하는 능력으로 유명했다."(119쪽)

먼저 각 마을 단위의 공동체가 있고, 마을 단위 공동체의 대표들이 은밀하게 모여 가진 회합에서 장두가 정해지면, 장두의 지휘에 따라 각 공동체에서 봉기에 참여할 장정들의 수를 정하고, 회합에 참여하지 않은 마을공동체 대표에게도 연락을 넣어서 합류 여부를 파악해나가는 일련의 과정은 시원 국가의 상을 떠올리게 한다(선거 때마다 확인하게 되는 "여당도 아니고 야당도 아니고 괸당(친인척의 제주 방언)이 최고"라는 제주의 괸당 문화도 기실 이러한 역사적인 배경과 무관하지 않을 것이다).

그리고 빅맨의 존립 방식은 스스로를 비워나가는 양상으로 가능해진다는 점에서 장두의 존립 방식과 일치한다. 농업이나 어업을 주로 하던 시대가 저물면서 이러한 공동체가 거의 해체되었으나, 현재 국가의 지도자가 되겠노라 정치인으로 나서는 이들에게 장두의 덕목을 요구할 수는 없을까. 공동체주의의 어떤 요소들을 복원시켜 자본주의의 균열 지점을 파헤쳐 들어가는 방식으로 활용할 수는 없을까.

　도저히 질 수 없다고 했던 총선에서 패배했던 민주당은 이번 대선에서도 충격적인 패배를 맛보았다. 그럼에도 불구하고 언론 보도 내용을 보건대 아직도 정신을 못 차린 듯하다. 아마 당연한 양상일 것이다. 민주당 지도부는 스스로를 비우는 방식으로 그 자리에 있는 것이 아니라, 당내 권력을 두 손에 쥐고 가능한 모든 것들을 쥐락펴락하기 위해 그 자리에 있기 때문이다. 민중 가운데서 불쑥 고개를 내민 후보 두 분의 성적표도 퍽이나 초라했다. 민중 후보를 선출하는 과정에서 느꼈던 무력감을 명확하게 확인할 수 있었다. 암담한 상황을 맞아 겨우 내가 할 수 있는 일이란 책 속으로 스며들어가 다른 길을 꿈꿔보는 정도. 이번 대선 뒤에 읽은 책은『제주항』이었다.

4·3과
내부 식민지로서의
제주사

허윤석의 「해녀」

올해는 제주에서 4·3항쟁이 일어난 지 70주년 되는 해다. 이를 맞아 동백꽃 배지가 제작되었고, 배지 달기를 독려하는 움직임이 활발하다. 4·3과 동백 이미지가 결합하게 된 계기는 강요배의 연작 그림 「동백꽃 지다」라 할 수 있다. 동백은 질 때 한순간 통으로 툭 떨어지는데, 제주 출신 화가는 4·3 당시 국가폭력에 의해 양민들이 살육당하는 현장을 한순간 명줄이 툭 끊기고 마는 이미지로 해석해 내었던 것이다.

동백을 항쟁과 연관 짓는 제주 민중의 상상력에는 나름의 역사가 있다. 제주에서 동백은 '장두꽃'이라고도 불리는데, 그네들은 아마 지는 동백을 바라보면서 장두의 머리가 베이는 장면을 되새겼으리

라. 흔히 장두(狀頭)는 장수(將帥)로 오해하지만, 실은 소장(訴狀)의 첫머리에 이름을 올린 사람이다. 장두 출현은 중앙정부가 제주를 내부 식민지로 운영했던 정책과 관련 있다.

몇 가지 굵직한 사건만 보자. 말 산업으로 번창했던 제주 경제는 조선 태종과 세종 대에 이르러 파탄을 맞이하고 만다. 말을 국가의 통제 대상으로 묶어 사사로운 매매를 금지시켜버렸기 때문이다. 부박한 토질 탓에 제주에서는 농사만으로 생계를 이어가기가 어렵다. 호구책을 잃게 된 제주인들은 살아남기 위해 섬 밖으로 탈출하였는바, 이들 대부분은 한반도 근해를 떠도는 배 위의 유민(流民)으로 전전해야만 했다.

중앙정부로서는 제주 유민을 막아야 했다. 유민들은 수적(水賊)으로 돌변하기 일쑤였을 뿐만 아니라, 제주 특산물의 진상이라든가 말의 안정적인 공급에 차질이 생겼기 때문이다. 그리하여 인조 7년(1629) 출륙금지령(出陸禁止令)이 내려졌고, 이는 순조 23년(1823) 해제될 때까지 2백여 년 동안 이어졌다. 이러한 일련의 정책이 가지는 의미는 고종 34년(1897) 대한제국이 선포되면서 명료하게 드러났다. 남쪽에 '식민지' 탐라(제주)를 거느리고 있으니 '제국'으로서 대한이 성립한다는 논리가 주창된 것이다.

바다 한가운데 고립된 채 척박한 자연환경과 맞서면서 무거운 진상, 부역을 감당하기 위하여 제주인들은 자신들만의 공동체문화를 형성해나갔다. 그 가운데 하나가 장두였다. 간난한 생활에 경래관(京來官)의 가렴주구가 겹쳐 도저히 감당할 수 없는 지경에 이르면 제주 민중들은 민란을 일으켰다. 중앙정부에 처지를 호소할 방식이 민란밖에 없었기 때문이다. 민란이 성공하여 제주읍성을 함락하면 경래관은 섬 밖으로 추방당했고, 이들의 소장(疏章)은 비로소 중앙정부에 전달되었다.

민중들의 분노가 아무리 극에 달했어도 경래관을 처형하지 못한 까닭은 중앙정부의 응징이 두려웠기 때문이다. 경래관을 처형한 순간 역모로 내몰릴 우려가 있지 않았겠는가. 이에 왕은 소장의 요구안을 수용하여 민심을 다독이는 한편, 왕의 대리자와 맞선 책임을 물어 장두의 목숨을 거두어갔다. 그러니까 장두는 민란 이후 난민의 안위를 지켜내는 한편 중앙정부의 분노를 무마하는 장치였던 셈이다. 민란을 성공으로 이끌고도 효수될 수밖에 없었던 강제검, 이재수는 장두의 운명을 대표하는 사례로 꼽을 수 있다.

배제되고 고립된 조건에서 형성된 제주의 공동체문화는 해방을 맞고도 타자에게 여전히 낯설게만 남아 있었다. 예컨대 4·3이 발발하기 이전 미군정과 경찰은 그 이질감을 넘어서지 못한 채 각각 도민의 60~80%, 90%가 좌파라고 예단해버렸다. 4·3을 소재로 한 최초의 소설 「해녀」(『문예』, 1950)의 작가 허윤석 또한 마찬가지다. 무장대를 이끄는 고, 양, 부 세 성씨의 지도자가 삼성혈에 모여 제사를 지낸 뒤 "계집은 남을 주어도 삼성혈을 더럽혀선 안 된다"고 결의하는 것으로 4·3을 그려내는데, 이는 제주 문화를 신화시대 혈족의 연대 수준으로 파악한 소산이기 때문이다.

4·3이 일어난 지 70주년을 맞는 이즈음, 우리 사회의 4·3 이해

는 어느 만큼이나 성숙해졌을까. 동백꽃 피고 지는 일이야 자연의
조화이지만, 동백꽃 배지를 가슴에 달고 그 의미를 되새기는 일은
사람의 소관이다. 릴레이 캠페인의 "제주4·3은 대한민국 역사입니
다"라는 구호가 새삼스럽게 다가오는 까닭이 여기에 있다.

기어이 제주도를
미국의 총알받이로 만드나

─────

처음 서울에 올라왔을 때 많이 들었던 물음이 있다.

"너희 제주도 사람들은 결혼하면 신혼여행을 어디로 가니?"

사람들 대부분이 신혼여행이라면 당연히 제주도를 떠올렸던 1990년의 일이다. 해외여행 기회가 거의 막혀 있는 상황이었으니 그럴 만도 했다. 혹자는 이런 질문도 했더랬다.

"제주도에 가려면 목포에서 출발하는 게 가깝니, 부산에서 출발하는 게 가깝니?"

그걸 질문이라고 하나. 대한민국 지도를 한 번만 들여다봐도 뻔히 알 수 있는 사실 아닌가. 역사적으로 보자면, 제주도는 바로 그 지정학적인 가치 때문에 참혹한 일을 여러 번 겪었다. 현재 벌어지고 있는 해군기지 건설 논란도 이와 무관치 않으니 대표적인 사건 두 가지만 더듬어보도록 하겠다.

'탐라(耽羅)'가 현재의 '제주(濟州)'로 명칭이 바뀐 시기는 고려 고종 10년, 그러니까 1223년이다. 제(濟)가 큰 물을 건넌다는 뜻이고 주(州)가 큰 고을이라는 뜻이니 탐라에서 제주로 명칭이 바뀌었다는 말은 이 섬이 결국 고려의 행정구역이 되었다는 사실을 의미한다.

그런데 삼별초 항쟁이 끝난 후 1273년 무렵부터 이 섬은 다시 탐라라는 이름을 회복할 수 있었다. 대륙 북쪽에서 발원한 원(元)이 섬의 지정학적 가치를 높이 평가하여 고려와의 관계를 지우고, 그 자리에 자신들을 끼워 넣으려고 시도했던 것이다. 이때부터 약 100여 년 동안 탐라/제주는 남송, 일본, 고려를 견제하는 원의 발판으로 활용되었다.

탐라/제주의 비극은 명(明)에 의해 원이 멸망하면서 시작되었다. 탐라/제주가 원의 직할령이었으므로 명은 제주의 소유권을 주장하였고, 고려는 이를 넘어설 필요가 있었다. 뿐만 아니라 고려 공민왕은 원으로부터 수모를 받을 만큼 받았었고, 탐라/제주에는 원을 지지하는 세력이 강하게 남아 있었다.

공민왕은 최영에게 명하여 2만5600여 명의 정예군을 314척의 전함에 나눠 태우고 탐라/제주 토벌에 나섰다(훗날 명을 치러 갔던 요동 정벌군은 3만8800여 명이었다고 한다). 물론 최영의 토벌은 성공하였다. 이영권은 『제주역사기행』(한겨레신문사, 2004)에서 당시 새별오름 일대는 "칼과 방패가 바다를 뒤덮고 간과 뇌가 땅을 가렸다"고 기술하고 있다. 삼별초 전투가 단지 3일에 끝났던 데 반해 토벌전이 한 달을 끌었으니 그럴 만도 하리라고 생각한다.

시간이 흘러 섬의 지정학적 가치에 새삼 주목한 것은 일제였다. 중국 본토를 효과적으로 공략하기 위해서 탐라/제주, 그 가운데서도 특히 중국과 가까운 대정 지역에 군사시설을 구축해나갔던 것이다. 대표적인 장소가 '알뜨르비행장'이다. 1926년부터 공사가 시작되어 1930년대 중반 완성된 이곳은 중국 본토를 비행기로 폭격하는 계획에 맞춤한 장소였다.

당시 폭격기가 주유할 수 있었던 연료의 양은 한정되어 있었는데, 알뜨르비행장을 활용한다면 상하이나 난징까지 건너가서 작전을 수행하는 데 유효하였기 때문이다. 물론 일제는 그 일대의 항구 또한 해군기지로 이용하였다. 예컨대 화순항은 일제의 군사물자가 들어오고, 관동군이 입항하는 주요한 통로였다. 1945년 8월 15일 일제가 패망할 때까지 이 섬은 그러한 상황에서 벗어나지 못하였다.

이러한 상황을 벗어나는 데에는 그만한 희생이 요구되었다. 예컨대 미군은 1944년 무렵부터 화순항에 'B29' 폭격을 가했다. 일제의 군사 활동을 제약하는 데 화순항이 중요한 목표물로 부각되었던 셈이다. 정확하게 조사하지 못했으나, 나는 화순항에 쏟아진 폭탄의 양이 제주항에 쏟아진 폭탄의 양보다 적지는 않았으리라 짐작하고 있다.

미국으로서는 군사적인 요충지를 두들기는 방향으로 나아가는 것이 효과적인 수순이었을 테니 말이다. 덧붙이자면, 일본의 제17

방면군과 제58군사령부는 1945년 4월 23일 제주도민의 조선 본토 이전을 진지하게 논의한 바 있다. 일제는 제주도 전역을 불바다로 만드는 상황까지 고려하면서 대대적인 군사작전을 계획하였던 것이다.

다행이라고 해야 하나. 일제는 그러한 작전을 수행하기 이전에 원자폭탄을 맞고 패망하였다.

제주에 해군기지를 만들겠다고 한다. 나는 반대한다. 전쟁을 반대하기 때문이고, 전쟁의 가능성을 미연에 제거해야 한다고 생각하기 때문이다.

기실 제주도에 해군기지를 건설하려는 것은 미국의 욕심 때문이 아닌가. 미국은 제주도의 지정학적인 가치를 진작부터 가늠하고 있었다. 일제와 맞서면서 이를 깊이 실감했을 터이다. 일본이 중국을 제압하기 위해 일찌감치 알뜨르비행장 건설에 나섰던 것처럼, 미국은 중국을 견제하기 위한 전진기지로서 제주가 필요한 것이다.

그래서 미국은 박정희 대통령 시절부터 제주도에 해군기지를 건설하라고 종용해왔다. 1988년 송악산 부근에 군사기지를 건설하려던 시도도 이와 연관이 있어 보인다. 2000년대 들어 중국의 성장세가 두드러지자 미국의 요구는 더욱 집요해졌다. 노무현 정부 시절 미군 부대의 평택 이동이 그 일환이었으며, 지금은 그 과녁이 제주로 돌려진 것이다.

미국의 이러한 시도가 관철된다면 이 섬은 원·명 교체기의 탐라/제주, 일제 말기의 제주가 겪었던 비극의 가능성을 고스란히 끌어안아야 한다. 그 비극적인 길을 우리가 굳이 따라가야 할 필요가 있을까.

나는 제주가 평화의 섬으로 남아 있기를 바란다. 그러기 위해서는 역사에서 배우는 바가 있어야 할 것이다. 이 점을 깨닫지 못한다면, 인간을 굳이 짐승보다 우월하다고 판단할 근거가 사라진다고 나는 생각한다.

부시와 침팬지의
닮은 점

식인종을 만난 문명인이 물었다. "어떻게 사람이 사람을 먹을 수 있지? 아, 잔인하기도 하여라." 이에 대해 식인종은 다음과 같이 응수한다. "그래도 우리는 먹을 만큼만 사람을 죽인다. 너희는 먹지도 않을 거면서 왜 그렇게 많은 사람들을 죽이지? 아, 어리석기도 하여라."

서구 어느 문명비판론자의 글에서 읽었던 내용으로, 제1·2차 세계대전을 겨냥한 식인종의 비판이 날카롭게 다가온다. 하지만, 식인종의 이러한 답변에는 문명인의 시선이 다분히 깔려 있다. 문명과 자연의 대립을 통해 문명의 야만성을 효과적으로 폭로하고는 있으나, 사실 식인종 역시 배가 불러도 사람을 죽이기 때문이다. 인간의 핏속에는, 정해진 영역 속에서 성욕을 해소하고 주린 배를 채워도 다른 지역을 기습하여 같은 인간을 죽이도록 하는 유전자가 존재하고 있다.

이는 침팬지도 마찬가지다. 유전자 암호를 분석해보면, 인간이 침팬지와 얼마나 가까운 사이인지 확인할 수 있다. 고릴라가 침팬지의 팔촌이라면, 인간은 아마 침팬지의 사촌 정도가 될 것이다. 그래서 그런지 침팬지 역시, 정해진 영역 속에서 식욕과 성욕이 해소되더라도, 다른 침팬지 집단에 숨어 들어가서 동종을 잔인하게 죽이고 돌아오는 일에 능수능란하다. 기습하러 가는 도중 맛있는 먹이가 나타나더라도 목표를 포기하는 일이 없을 정도이다.

도대체 지구상에서 가장 지능이 발달했다는 인간과 침팬지가 이렇게 행동하는 이유는 무엇일까. 그것은 바로 매우 발달한 인식능력에서 기인한다. 미래를 정확히 알 수는 없지만, 이웃이 경쟁자라는 사실은 분명하고 더구나 그들은 무기를 가지고 있으니 위험하다는 두려움. 따라서 내가 힘이 셀수록 미래를 대비하는 차원에서 이웃의 세력을 약화시켜야만 한다. 그래야만 나의 안전이 보장되기 때문이다. 물론, 적당히 이성적인 존재라면, 이러한 '놀라운' 사고력이 무분별한 대립을 불러일으켜서 피의 악순환을 확대재생산하리라는 사실 정도는 충분히 예상할 수 있을 터이다. 하지만, 인간들은 가끔 자신의 환상이 빚어내는 두려움 앞에서 이성을 잃고는 한다. 지금, 미국의 상태가 바로 그러하지 아니한가.

9·11테러 이후 미국은 '위험한 이웃' 만들기에 몰두하고 있다. 물

론 그 선두에는 침팬지를 상당 부분 닮았다고 농담 반 진담 반 회자되는 미국의 대통령 부시가 자리한다. 2002년 1월 29일 국정연설에서 북한, 이란, 이라크를 '악의 축'으로 규정한 일은 대표적인 사례이다. 부시는 나름의 이해득실을 따지면서 그런 위험한 발언을 했을 것이다. 하지만 그 발언은, 부시의 계산이 간파되기 이전에, "미래를 정확히 알 수는 없지만, 이웃이 경쟁자라는 사실은 분명하고 더구나 그들은 무기를 가지고 있으니 위험하다"라는 미 국민의 두려움을 촉발해내는 데 충분했던 듯 보인다. 그즈음 열린 솔트레이크시티 동계올림픽이 미국의 메달 강탈 속에 막을 내리게 된 배후에는 그 두려움이 존재하기 때문이다. 과연 그렇게 하여 획득한 강한 미국의 이미지를 통해 '위험한 이웃'들에 대한 두려움을 상쇄할 수 있었을까는 의문이지만, 많은 이웃 국가들의 감정을 위험하게 만든 것은 확실하다고 파악된다.

얼마 전 치러진 중간선거에서 부시의 공화당이 확실한 승리를 거두었던 이유도 같은 맥락에서 이해할 수 있다. 북한 핵 문제, 이라크와의 전쟁 따위를 통해 9·11 이후 부풀어 오른 국민들의 불안감을 한껏 자극한 것이 공화당에 대한 지지로 이어졌던 것이다. 이제 부시는 자국 내에서 얻은 지지를 국제사회에도 똑같이 요구하고 있다. 이라크와의 전쟁에 동참하라는 압박이 바로 그것이다. 물론 전쟁의 논리가 침팬지 무리가 가지는 두려움 수준에서 구사되는 것이기에 별다른 설득력을 가질 리 만무하다. 그러니, 당연히, 이성적인 존재라면 이 어리석은 전쟁에 대해 반대의 목소리를 낼 수 있어야 할 일 아닐까. 눈먼 정열은 간혹 참혹한 결과만을 낳곤 한다. 이라크전이 바로 그러할 것이다.

우리 정부가 미국으로부터 이라크전에 동참하라는 공식적인 요구를 받은 날은 2002년 11월 20일이었다. 우리 여중생 2명을 사망케 한 미군 니노 병장에게 미국 배심원들이 무죄를 평결한 날도 20일이었다.

3부 ∿∿∿∿∿ 철망에 갇힌 경제민주화

∿∿∿∿∿ 문학의 창에 비친 한국 사회

86세대에 대한 단상과
비정규직 노동자들의 줄을 잇는
죽음

얼마 전부터 일명 86세대가 비판의 표적으로 떠올랐다. 나는 그네들이 386세대니, 486세대니 요란하게 스스로를 치장해나갈 즈음부터 냉소를 보내고 있었다. 생물학적 연령으로 따지건대, 60년대 태어난 이들이 80년대에 대학 다녔던 것은 당연하지 않은가. 그 앞에 붙이는 30대, 40대라는 숫자도 그저 젊다는 사실의 강조일 뿐, 생물학적 연령의 조합에 불과한 의미 없는 명명일 따름이다.

물론 명명이 작위적이라는 이유로 냉소했던 것은 아니다. 주지하다시피 1980년대에 우리 사회는 민주화 측면에서 커다란 성과를 거두었다. 당시 대학생들의 역할을 무시할 수 없겠으나, 노동계와 종교계의 활동도 적극적이었으며, 시민들의 호응이 뒷받침되었기에 가능했던 일이었다. 그런데도 30대가 된 학생운동권 출신들이 굳이 자신들을 386세대라 규정했던 까닭은 민주화 성과를 배타적으로 독점하기 위함이었다. 그러다 보니 그네들은 어떠한 시대정신도 세대 규정 속에 담아내지 못했다. 예컨대 긴급조치와 맞섰던 정신을 담아낸 '긴조세대'라는 명명과 비교해보라. 86세대란 명명의 경박성은 이로써 명확해진다.

70년대에 태어난 나는 90년대 상반기에 대학을 다녔다. 그때 술자리에서 많이 불렸던 노래 가운데 하나가 김호철 선생의 「잘린 손가락」이다. "잘린 손가락 바라보면서 소주 한잔 마시는 밤, 덜컥덜컥 기계 소리 귓가에 남아 하늘 바라보았네./ 잘린 손가락 묻고 오는 밤, 시린 눈물 흘리던 밤, 피 묻은 작업복에 지나간 내 청춘 이리도 서럽구나." 작업하다가 손가락이 잘렸는데 그저 소주잔으로 아픔을 달래야 하는 형편이라니. 노래를 부를 때마다 내심 다짐했었다. 이러한 현실만큼은 바뀌어야 한다, 바꿔야 한다.

하지만 삼십여 년 지난 지금에 이르러서도 노동현장은 변하지 않았다. 2018년 12월 11일 충남 태안의 화력발전소에서 김용균 씨가 컨베이어벨트 롤러에 빨려 들어가 숨지는 일이 발생했다. 올해 2월 20일 현대제철 당진제철소에서는 이 모 씨가 컨베이어벨트에 끼어 숨졌다. 당진제철소의 경우 2007년부터 2019년 2월까지 사고로 숨진 노동자가 30여 명에 이른다는 사실이 확인되기도 했다. 2017년 11월 9일에는 음료 공장으로 현장실습 나간 고등학생 이민호 군이 기계에 끼어 숨진 일도 있었다. 충남 공주의 서른네 살 비정규직 집배원 이은장 씨가 과로로 돌연사하는 등 올해에만 집배원노동자 9명이 사망했다고 한다. 비정규직의 죽음을 일일이 기록하자면 지면이 모자랄 지경이다.

고(故) 김용균 씨의 어머니 김미숙 씨는 지난 13일 전태일 동상 앞에서 다음과 같이 현실을 지적하였다. "전태일 열사가 노동하던 때보다 지금 현장에서 더 많은 사람이 죽어간다. 구조적으로 비정규직을 만들어놓고 부품 취급하며 갈아 끼운다." 그러고는 비판을 이어갔다. "문재인 대통령이 2022년까지 산재 사망사고를 절반으로 줄이겠다고 약속했다. 현장에선 특별히 변한 것이 없다. 책임자 처벌도, 김용균 특별조사위원회가 내놓은 권고안(22개)도 이뤄지지 않았다. 벌써 이러면 앞으로 어떻게 죽음을 막을 수 있을까."

비정규직 노동자들의 죽음이 행렬을 이루고 있다. 이들에게 필요한 것은 반민주 세력에 대한 분노가 아니라, 이 땅에서 살아남을 수 있으리라는 일말의 희망이다. 나경원이 조국보다 기득권을 훨씬 더 많이 누렸다고 아무리 강변해보았자 비정규직 노동자들에게 희망이 싹틀 리 만무하다. 지금 86세대에게 시급하게 요청되는 것은 민주 대 반민주 구도에 입각한 전면적인 진영 대결이 아니라, 정치민주화에 경제민주화를 탑재함으로써 민생 정책에서의 우위를 증명하는 작업이다. 극악한 현실을 변혁하기 위한 사명감이 권력욕으로 드러났을 따름이라는 알리바이가 확보될 때, 86세대 정치인들은 이전 정치인들과 변별되는 존재 의미를 확보할 수 있을 것이다.

대통령 지지도의 하락과
구두선에 머무르는
사회적 가치 실현

문재인 대통령의 지지도가 추락을 거듭하여 결국 취임한 지 1년 반 만에 43.8%로 내려앉았다. 반면 부정 평가는 51.6%였다. 12월 3주 차의 민심인데, 앞으로도 반전을 기대하기는 어려울 성싶다.

기실 일개 책상물림에 불과한 내가 보기에도 일련의 어설픈 정책들은 악재로 작용할 수밖에 없었다. 가령 최저임금 정책을 보자. 우리나라의 자영업자 비율은 4가구 당 1가구로 매우 높은 편이다. 미국의 4배, 일본의 2.5배에 이른다. 이들 대부분이 취약계층이거나, 취약계층을 겨우 면하고 있는 실정이기도 하다. 그런데도 이들에게 더 많은 비용을 부담시키는 게 합리적인 정책일까. 동의하기가 어렵다.

최저임금을 올리는 데 반대하는 것이 아니다. 다만 엉뚱한 곳에 불필요한 대립 전선을 만들어놓았다는 사실로 인해 혀를 차는 것이다. '자영업자 대 아르바이트생(직원)'의 대립 구도는 바람직하지 않다. 예컨대 건물주가 쓸어가는 임대료를 제한하고, 그렇게 절감된 비용의 일부가 아르바이트생(직원)의 임금으로 흘러가도록 유도할 수는 없었을까. 모두 함께 살 수 있는 방향을 가늠하지 못한 채 최저임금 인상이라는 명목에만 매달려 무책임하게 정책을 실행해본 것은 아닌지, 의구심을 거둘 수 없다.

강사법 시행도 마찬가지다. 시간강사의 신분을 안정화해야 한다는 데 이견이 있을 리 없다. 그렇지만 거기에는 비용이 따른다. 이를 감당할 수 있는 대학이 과연 얼마나 될까. 십여 년 등록금이 동결되면서 대부분의 대학은 재정난에 허덕이고 있는 실정이다. 그러니 대학들은 당연하다는 듯 개설 과목의 기준 요건을 강화하고, 대폭적인 시간강사(과목) 숫자 줄이기에 나선다. 강사법이 강사를 잡아먹는 형국이 펼쳐지는 것이다.

아마 여력이 뒷받침되었더라도 상황은 마찬가지였으리라 짐작된다. 1995년 '5·31 교육개혁안'이 시행되면서부터 우리나라의 대학들은 점차 영리를 추구하는 기업의 면모를 강화시켜나갔기 때문이다. 다시 말해 '학문공동체'라거나 지식의 공공성이라는 의식보다는 수익 창출의 관점에서 접근하는 것이 현 대학들의 이념이라는 것이다. 여기에 대해서는 고부응 중앙대 교수의 『대학의 기업화』(한울, 2018)를 참조하는 게 좋겠다. 뻔히 예상되었던 이러한 사태에 맞닥뜨려 정부는 제대로 된 대응책을 내놓지 못하고 있다.

김용운 건국대 교수의 논문 「국정 가치로서 사회적 가치의 한계와 과제」를 읽다 보니 어째서 이러한 문제가 발생하는지 파악할 단서가 포착되었다. 세월호 참사가 벌어진 지 두 달 뒤인 2014년 6월, 국회의원 문재인은 「공공 기관의 사회적 가치 실현에 관한 기본법」을 대표발의하였다. 그는 제안 배경을 다음과 같이 밝혔다. "이제는 이윤과 효율이 아니라 사람의 가치, 공동체의 가치를 지향하도록 국가 시스템을 바꾸어야 할 때다." 문재인 정부의 '국정 운영 비전, 전략 체계도'를 보면, 이때 제출하였던 문제의식이 "사회적 가치 실현"이란 용어로 집약되어 있음을 확인할 수 있다.

그런데 사회적 가치 실현이라는 깃발은 실상 구두선(口頭禪)에 그치는 모양새다. 공공 기관 평가 기준을 보건대, 시장 경쟁 및 효율성 중심의 '신자유주의적 가치' 관련 지표들이 큰 비중으로 자리를 잡고 있고, '사회적 가치' 관련 지표들의 배점이 다소 상향된 수준에서 그와 병존하고 있다. 대립하는 두 개의 가치가 사이좋게 나란히 제시되어 있을 뿐만 아니라, 사회적 가치 지표의 배점 상향 조정도 그리 획기적인 수준에서 이루어지지 않았다는 것이다. 이럴 경우 평가받는 기관에서는 비중이 큰 평가 항목에 집중하며, 이와 배치되는 항목은 구색 맞추기 수준에서 유야무야 얼버무리게 마련이다.

문재인 정부는 정말 사회적 가치를 실현할 의지가 있는 것일까. 신자유주의 질서를 기꺼이 용인하면서 최저임금, 강사법 등을 내놓아보아야 실패할 수밖에 없다. 그러니 만약 의지가 있다면 좀 더 철저하게 신자유주의적 가치와 대결할 수 있어야 한다. 그리고 사회적 가치 창출과 연동하는 정책이 성공할 수 있도록 하나하나 구조를 만들어나가야 한다. 대통령 지지율은 그 길을 따르며 상승하게 될 것이다.

한진그룹 총수 일가의
갑질과
새로운 문명의 조건

한진그룹 조양호 일가의 행태가 연일 언론을 장식하고 있다. 처음에는 상식을 뛰어넘는 소위 '갑질'이 문제되었는데, 연이어 폭로되는 사례들은 너무나 경악스러워서 이들을 제대로 이해하기 위해서는 정신병리학이 필요한 게 아닐까 싶은 수준이다. 연이어 제기된 탈세 문제도 심각하기는 마찬가지다. 세관을 거치지 않은 채 온갖 명품을 들여온 것도 그러하지만, 해외 각 지점을 닦달하여 계절별로 과일을 공수하는 양상은 봉건왕조 시대의 조공을 연상케 한다. 최근에는 조양호 회장의 상속세 수백 억 탈루 문제가 불거지고 있으며, 해외로 빼돌려 보유하고 있는 재산에도 불법성이 제기되고 있다. 이뿐인가. 차녀 조현민은 미국 국적으로 항공사 진에어의 사외이사를 맡는 불법을 저질렀으며, 아들 조원태는 그들 일가가 소유한 대학교에 부정 편입학하기도 하였다.

일련의 사태를 지켜보면서 문득 근대 체제의 삶의 방식을 떠올려 본다. 근대의 특징에 대해서라면 사람마다 각기 다양하게 지적할 수 있을 터인데, 나의 경우엔 소유욕을 적극 긍정하는 측면에 주목하게 된다. 소유권의 주체 여부를 두고 치열하게 맞서기는 했으나, 보다 많은 물질의 소유를 긍정하였다는 지점에서 자본주의와 사회주의는 하나의 뿌리에 근거하고 있다. 이는 다른 문화권에서 쉽게 발견할 수 없는 근대 체제의 유별난 면모이다. 예컨대 수신(修身)을 강조하였던 동아시아의 중세 지식인들은 안빈낙도(安貧樂道)를 지향하였으며, 예수의 길을 좇았던 서구의 중세 수도사들이 삶의 덕목으로 삼았던 것은 자발적 가난이었다. 그들이 설령 세속에 물들어 얼마간 치부(致富)를 했다 하더라도 그들은 이를 남들 앞에 나설 만한 자랑거리로 삼지 못하였다. 추구하는 삶이 재물의 소유인 양 비쳐지는 데 저어했기 때문이다.

소유욕을 긍정하는 근대 체제의 속성은 과학에 대한 신뢰에서 파생했을 터이다. 과학이란 무엇인가. 개화기에 발간된 『대한자강회월보』에 따르면, "천지간 존재하는 물(勿)에 인공을 가하여 유용성을 일으켜 생산력을 증가시키는" 활동이다. 자연을 개발함으로써 이익을 취하는 행위가 과학이라는 주장인데, 이 순간 근대인의 자리가 명료하게 드러난다. 이제 인간은 당당한 주체로서 대상(객체)인 자연을 조작하는 위치에 올라선 것이다. 이는 달리 표현하여 자연의 일부로 존립하던 인간이 자연의 바깥으로 뛰쳐나왔다는 말이 된다. 김소월의 「산유화」에 펼쳐진 "산에/ 산에/ 피는 꽃은/ 저만치 혼자서 피어 있네"라는 진술은 바로 그러한 근대인과 자연(山) 사이의 거리를 나타내고 있다. 물아일체(物我一體)라 하여 자연과 하나 되는 경지를 지향했던 인간의 시대가 저물었다는 것이다.

인간은 불멸을 꿈꾸지만, 차면 이우는 것이 자연의 법칙이다. 예컨대 둥글게 부풀어 오른 하늘의 보름달은 차츰 이지러지며, 햇볕 드는 양지는 이윽고 음지로 순환하고, 숨을 한번 들이마신 생명체는 이제 내뱉어야 한다는 것이다. 자연을 정복하여 자연의 바깥에 나름의 질서를 구축하고자 했던 근대인의 기획도 이를 넘어설 수 없는 것 아닐까. '인간 실격'이라 할 만한 이번 조양호 일가의 패륜은 꺾여 저물어가는 근대의 상징으로 읽을 수 있다. 한 가족의 윤리의식 부재를 질타할 수 있고, 일그러진 특권 의식이 횡행할 수 있도록 방치한 한국 사회의 결함을 구조 층위에서 진단할 수도 있겠지만, 여기서 한걸음 더 나아가 소유욕을 승인, 장려하는 근대 체제의 작동 방식을 문제 삼아야 한다는 것이다. 소유욕이란 "곰팡이 곰팡을 반성하지 않는 것처럼"(김수영, 「절망」) 무한하게 증식하는 속성을 띠고 있는 바, 눈먼 소유욕의 폭주가 이번 사태의 전제로 작동하였다고 나는 생각한다.

원효는 『대승기신론 별기』에서 화쟁(和諍)의 입장을 취하면서 "보내기만 하고 두루 미치지 못하는 논"('空'에만 집착하여 '有'를 인정하지 않는 입장)과 "주기만 하고 빼앗지는 않는 논"('有'에만 집착하여 '空'을 인정하지 않는 입장)을 비판하였다. 지금 우리가 살고 있는 근대 세계가 "주기만 하고 빼앗지는 않는" 입장 위에 구축되었으며, 이에 근거하여 운영되고 있음은 분명하다. 새로운 세계, 새로운 문명을 모색하려면 근대가 배제하고 삭제해버린 공(空)의 가치를 어떻게든 되살려낼 수 있어야 할 것이다. 둘러싸고 있는 조건과 맞서면서 그 경계 바깥으로 탈주하려는 것이 문학적 상상력의 가치라는 사실을 환기한다면, 우리 문학이 어떠한 방향으로 나아가야 할는지는 새삼 물을 필요가 없을 터이다.

죽음의 후광을
넘어서기 위한
단상

삼십 대 중반에 읽는
기형도의 『입 속의 검은 잎』

문학과 죽음을 연결 짓는 두 가지 방식

죽음은 블랙홀과도 같아서 모든 것들을 빨아들인다. 여기 이 세계에 살아 있는 어느 누구도 그 세계를 제대로 알지 못하며, 죽음의 예감 앞에서 이 세계의 견고한 질서와 위계적인 가치는 창백하게 휘청거린다. 제아무리 딱딱하고 견고한 것이라도 죽음과 맞대면하는 순간 무(無)의 가치로 돌아가버리지 않겠는가. 죽음의 가치에 탐닉하는 사람이 존재론적 불안에 오들오들 떠는 것은 바로 그 때문이다. 죽음의 질서와 가까이 맞대면할수록 깜깜한 폐쇄회로에 더욱 처절하게 갇힐 수밖에 없는 까닭도 마찬가지다. 우리 대부분은 죽

114

음 앞에서 한없이 나약하다. 기형도의 유고 시집 『입 속의 검은 잎』(문학과지성사, 1989)을 이해하기 위해서는 먼저 이러한 지점의 확인에서 시작해야 한다.

그렇지만, 그렇다고 하더라도, 『입 속의 검은 잎』을 시인의 돌연한 죽음과 연결시켜 읽어나가는 방법에는 두 가지 길이 있을 수 있다. 먼저 대부분의 평론가들이 펼치고 있듯, 시인의 죽음 위에 시편들을 배치하여 읽어나가는 방식이다.

이에 대해 남진우는 「숲으로 된 푸른 성벽」에서 그런 일반적인 경향을 지적하며 글을 시작하였다. 김현, 김훈, 성민엽, 박해현, 박철화의 글들을 인용하고 난 후 다음과 같이 서두를 풀어나간 것이다. "기형도, 그리고 기형도의 시와 관련된 모든 담론들엔 죽음의 음산한 후광이 드리워져 있다. 뛰어난 재능을 가졌음에도 불구하고 젊어서 세상을 하직한 이 시인의 불우한 운명이 자아내는 애통한/애틋한 마음이 그 한 켠에 자리 잡고 있다면 그의 시 속에서 빈번히 발견되는 죽음과 쇠락의 이미지들이 다른 한 켠에서 이 시인의 시 읽기를 규정짓는 인자로 작용하고 있다."[13]

그렇다면 두 번째 방법이 태동하는 계기를 제공한 셈인데, "영정 앞에 바쳐진 진혼가의 성격"[14]을 넘어서겠다는 남진우는 과연 어떤

---

13) 남진우, 「숲으로 된 푸른 성벽—기형도, 미안의 매혹」, 『숲으로 된 성벽』, 문학동네, 1999, 159쪽.
14) 남진우, 같은 글, 160쪽.

방법을 택하고 나섰던가. 그는 「신성한 숲」과 「숲으로 된 푸른 성벽」(『신성한 숲』, 민음사)을 통해 첫 번째 방법, 즉 시인의 죽음 위에 시편들을 배치하여 읽어나가는 방법에 대한 반대의 입장을 표명하였다. 그러면서 그는 두 편의 글을 신화비평의 방법론으로 풀어 내려 갔다. 「숲으로 된 푸른 성벽」의 경우 불의 이미지를 분석하는 장면에서 그의 장점은 십분 발휘된다. 정과리로부터 "이것은 텍스트 바깥의 설명들(융의 정신분석을 포함한 신화비평류의)을 거의 도식적으로 텍스트에 적용한 외재적 해석이지 내재적 해석이 아니다"[15]라는 지적을 받고 있지만, 「숲으로 된 푸른 성벽」의 풍성하고 자유롭고 정치(精緻)한 분석 내용에 대해서는 일단 긍정해야 하리라고 본다.

흥미로운 점은 정과리가 남진우를 넘어서는 방식이다. 정과리는 대체 어떤 관점에 섰기에 남진우에게 이런 지적이 가능했는가. 김현은 일찍이 『입 속의 검은 잎』의 해설 「영원히 닫힌 빈방의 체험」에서 "그로테스크라는 말은 원래 무덤을 뜻하는 '그로타'에서 연유한 말이다"[16]라고 밝혀둔 바 있다. 그러면서 그는 기형도의 시 세계를 '그로테스크 리얼리즘'이라고 명명하였다. 정과리는 다시 김현의 뒤를 이어 기형도의 세계를 '그로테스크 리얼리즘'의 자리로 돌려놓았다. 기형도의 죽음 위에서 『입 속의 검은 잎』을 읽어나가는

15) 정과리, 「죽음, 혹은 순수 텍스트로서의 시 ─ 『기형도 전집』에 부쳐」, 『무덤 속의 마젤란』, 문학과지성사, 1999, 104쪽.
16) 김현, 「영원히 닫힌 빈방의 체험 ─ 한 젊은 시인을 위한 진혼가」, 『입 속의 검은 잎』, 문학과지성사, 1989, 146쪽.

방식으로 회귀한 셈인데, 이를 위해 그가 주목한 것은 기형도의 죽음을 둘러싸고 벌어진 문단의 동향이다. 기형도가 죽은 뒤 10년 동안 "그를 다룬 산문(평문과 추도문을 합하여)은 모두 45편이나 되며, 그 중 하나는 석사학위 논문이고 둘은 소위 '논문집'에 실린 연구 논문이다. 그리고 그를 '모티프로 한 시'가 21편이다. 이러한 사실은 죽은 기형도가 살아 있는 어떤 시인보다도 더 뜨거운 현재형으로 타오르고 있음을 보여준다."[17]

문단의 이런 상황을 배경으로 해야 시인의 죽음과 그가 남긴 시를 이어나가는 두 번째 방법이 가능해진다. "그러니까 기형도의 시는 오늘의 문학적 욕망이 집중적으로 투자된 일종의 다혈증의 장소이다. 그러니, 어떻게 그에 대해서 말할 때 순전히 그의 시 작품들 '만'을 두고 말할 수 있겠는가?"[18] 이는 곧 문화적인 현상으로 기형도의 세계에 접근해야 함을 의미한다. 다시 말해서 기형도의 죽음 속으로 블랙홀처럼 빨려 들어가는 그의 시편들, 시인·작가들, 평론가·연구자들, 독자들을 동시에 고려해야만 한다는 것이다. 정과리의 표현에 따른다면, "우리는 이러한 변화를 두고 문학의 대상이 작품에서 텍스트로 옮겨갔다고 간단히 말할 수 있다."[19]

첫 번째 방법에서 시인의 죽음이 개인적인 층위에서 이해된다

---

17) 정과리, 앞의 글, 90쪽.
18) 정과리, 같은 글, 90쪽.
19) 정과리, 같은 글, 91쪽.

면, 두 번째 방법에서는 보다 역사적이고 사회적인 층위에서 시인의 죽음에 접근하게 된다. 그런 까닭에 두 번째 방법을 선택한 경우 평론가는 '비평의 모험'을 감행해야 할 필요가 있을 듯하다.

> 그의 죽음은 그의 주체 결여를 선험적 조건으로 만들어놓았다. 그의 시의 텍스트-성은 그의 죽음과 더불어 탄생한 것이었다. 그런데 여기에는 주체의 작업이 개입되지 않았으며, 따라서 그의 텍스트-성을 결정한 것은 우선은 철저히 우연한 것이었다. 그 죽음 이후에 그에게 집중된 뜨거운 관심은 그 우연성을 필연으로 바꾸고자 하는 거대한 집단무의식적 작업이라고 할 수 있는데, 그 작업의 방향은 기형도의 죽음이 탄생시킨 새로운 문학 공간을 변질시킬 수도 있는 것이다. 왜냐하면, 그 작업의 궁극적인 목표는 기형도를 부활시키는, 즉 되-살리는 것이기 때문이다. 실제로 기형도의 죽음이 열어놓은 새로운 문학 공간에서는 어떠한 되-살림도 개시될 수가 없다. 거기에서는 오직 계속적인 유랑, 즉 딴-살림만이 문제가 되기 때문이다. 그러나 그렇다고 해서 부활의 작업 자체를 도식적으로 끊어낼 수는 없다. 실천의 이름과 실천의 실제는 언제나 다소간 어긋나 있으며, 문제는 작업의 실상, 혹은 실상이 이름을 빙자해 벌이는 모험인 것이다.[20]

---

20) 정과리, 같은 글, 94쪽.

그런데 과연 정과리가 이러한 입론에 합당한 비평의 모험을 떠났던가. 글쎄, 나로서는 고개를 가로젓게 된다. "기형도의 시들 그 자체로부터 외면적으로는 일어나지 않았던 존재 상실의 노동을 캐내는 것이 문학 비평의 일이다"[21]라고 말하는 순간부터 시인의 죽음 위에서 시를 읽어내는 정과리의 방식은 첫 번째 부류의 작업들과 그리 변별성을 갖지 못한다고 판단하기 때문이다. 다시 말해서 역사적·사회적 층위에서의 접근 가능성을 스스로 배제하고 있다는 것이다. 논의를 위한 입론 부분에서 호출되던 시인·작가들, 평론가·연구자들, 독자들의 뜨거운 호응이 기형도(와 그의 작품 세계)의 실제 분석 과정에서 증발해버린 것도 그러한 이유에서 빚어진다고 볼 수 있다. 역시 죽음은 블랙홀과도 같아서 모든 것들을 빨아들이는 것일까. 정과리도 그 늪을 벗어나지 못했던 셈인가.

삼십 대 중반에 읽는 기형도

1990년대 한국문학을 들끓게 하였던 주제는 단연 '죽음'이었다. 실제의 작품 내용에서도 죽음이 범람했고, 제도적인 차원에서도 '문학의 죽음'은 두드러진 화두로 제공되었다. 그런 점에서 죽음으로

---

21) 정과리, 같은 글, 95쪽.

덧칠된 기형도(와 『입 속의 검은 잎』)는 1990년대 문학을 열어젖힌 의미를 획득한다. 다음과 같은 정과리의 지적에 동의하는 까닭은 바로 그 때문이다. "기형도의 시는 시인의 죽음과 함께 90년대 시의 상징도로 자리 잡았다. 시가 문학의 죽음이라는 장기 지속적 과정을 예시적으로 비추는 상징 구슬의 기능을 하였다면, 기형도의 시는 그 상징의 상징, 거울의 거울이었다."[22] 그렇지만 이는 표면적으로만 옳다. 아니, '표면적으로만 옳다'라고 의식적으로 생각해야 하지 않겠는가 싶다. 내 나이, 기형도가 살아냈던 그 나이를 지나쳐 어느덧 서른 중반에 이르렀기 때문이다. 그리고 이제 평론가로서 『입 속의 검은 잎』을 대하게 되기 때문이다.

어느 한 시인의 우발적 죽음을 필연으로 수용하는 현상은 그 사회가 처한 조건과 관계 맺는다. 즉, 사회에 은연중에 유포되어 있는 죽음의 분위기가 기형도(와 『입 속의 검은 잎』)의 죽음과 공명하였기 때문에 그런 현상이 나타났다는 것이다. 공명에서 헤어나지 못하는 한 기형도의 죽음은 우리 문학계에서 마치 신탁과도 같은 영향력을 가지게 된다. 이는 아무리 발버둥 쳐보아도 신탁을 실현하는 과정을 살 수밖에 없었던 오이디푸스처럼, 빠져나올 수 없는 죽음의 폐쇄회로 안에서 서로의 도저한 절망을 애처롭게 확인하는 문학의 선조(先祖)로서 기형도가 자리할 것이라는 의미이다. 실제 기형도는 우

---

22) 정과리, 앞의 책, 7쪽.

리 문학사에서 그렇게 평가되는 측면이 강하다. 바로 그런 까닭에 '비평의 모험'이 요구되는 것 아닐까. 한 시대의 문학 정신이 죽음 의식으로 드러날 때, 그리고 그런 경향이 걷잡을 수 없이 번져나갈 때, 여기에는 죽음 의식을 배태하고 확산시키는 사회적 조건이 함께 작동하고 있다. 그러니 사회적 조건과 맞닥뜨려 죽음 의식의 극복 가능성을 예비하는 데 '비평의 모험'이 요구된다는 말이다.

그런 점에서 장정일에 주목할 필요가 있어 보인다. 장정일은 1990년대의 소설을 열어젖힌 인물이다. 「아담이 눈뜰 때」를 보건대, 그 역시 절망에 뿌리내리고 있음을 알게 된다. 「아담이 눈뜰 때」에서 주인공은 타락한 세계에서 타락한 방식으로 어른이 되는데, 작품의 시간적 배경은 1987년 대선 이후이다. '민주투사'의 의상을 걸치지만 결국 각자의 욕망에 따라 분열함으로써 세상을 바꿀 수 없게 되는 것이 어른들의 세계로 나타난다. 절망은 바로 여기서부터 파생한다. 세상은 바뀌지 않는다! 그러한 절망에서 도피하는 방식이 바로 휘황한 문화의 조명인바, 주인공이 가지고 싶어 했고 결국 가지게 된 타자기, 뭉크 화집, 턴테이블은 이를 상징한다. 한마디로 단언하기는 어렵지만, 1990년대 소설들은 개인의 욕망에 주목하는 한편, 정치·경제적인 지점의 반대편에서 문화를 향유하는 경향을 강하게 드러내었다. 장정일이 1990년대 소설의 나아갈 길을 미리 보여주었다고 말할 수 있는 것은 바로 그 때문이다.

그렇지만 장정일의 세계를 그렇게만 말해서는 곤란하다. 여기에 대해서 서영채는 적절하게 까닭을 밝혀놓았다. 먼저 그는 1980년대 문학과 1990년대 문학의 공유 지점에 대해서 이렇게 말하고 있다. "80년대의 문학 정신의 핵심은 무엇보다도 반체제성과 부정의 정신이었다. 80년대 초, 비장미의 세계에서부터 80년대 말의 노동문학에 이르기까지, 미적 감각이나 자질은 다양했을지라도 체제에 대한 부정의 정신은 그 모든 미의식의 공통된 준거틀로 자리하고 있었다. 체제의 중심이 흐트러지면서, 또 반체제의 이념적 거짐이 와해되면서 변화가 시작되었다면, 바뀐 것은 저항과 부정의 방식이자 대상이지 그 정신은 아니다."[23] 그 위에서 장정일의 문학은 이렇게 평가된다. "그가 추구하는 것은 큰 부정이 아니라 작은 부정이며 파괴가 아니라 전복이다. 파괴가 극단화된 절망이거나 결단의 산물이라면 전복은 불투명한 모색의 산물이다. 이런 점에서 파괴는 80년대에 또 모색은 90년대에 가깝다. 장정일의 서사가 구현하고 있는 전복적 상상력은 소설적 사유를 통해 자기 시대의 정신과 대화를 나누고자 하는 추구의 결과이다. 그의 소설이 보여주는 활기는 바로 그러한 상상력에서 비롯된다."[24]

나는 『입 속의 검은 잎』에서 기형도의 처절한 모색을 조금은 읽어낼 수 있다. 이는 장정일이 보여주는 모색의 색채와 그리 다르지 않다. 기형도는 절망에 한 발을 걸치고 있음에도 불구하고, 현실을

23) 서영채, 「장정일을 이해하기 위하여 ─ 떠도는 알레고리」, 『장정일 문학선』, 도서출판 예문, 1995, 360쪽.
24) 서영채, 같은 글, 362쪽.

직시하지 못하는 이는 노예로 전락하게 마련이라고 생각하였다. 「전문가(專門家)」가 이를 보여준다.[25] 그러니 그를 "풍성한 햇빛을 복사해내는/ 그 유리담장"에 매혹당한 이의 자리로 밀고 나가서는 곤란하다. 「시작(詩作) 메모」에서도 밝혀놓지 않았던가. "나는 한동안 무책임한 자연의 비유를 경계하느라 거리에서 시를 만들었다. 거리의 상상력은 고통이었고 나는 그 고통을 사랑하였다." 「대학 시절」이나 「입 속의 검은 잎」에서는 사회적인 고통이 시인에게 어떤 절망을 안겨주는가가 드러나 있다. 그 절망은 "세상은 변하지 않는다!"라는 확인에 닿아 있다. 「폐광촌(廢鑛村)」 같은 작품에서는 묘한 다짐이 느껴지기도 한다. "폐광촌 역사에는/ 아직도 쿵쿵 타올라야 할 것이 있었다"라는 작품의 마지막 부분에서 '역사'는 '역사(驛舍)'이면서 동시에 '역사(歷史)'로 읽히기 때문이다. "낮은 소리로 군가를 불렀다", "고인 채 부릅뜬 몇 개 물의 눈들", "어둠 깃 한쪽을 허물고/ 예리하게 잘린 철로의 허리가 하얗게 일어섰다"라는 시구들은 그런 해석이 가능하도록 뒷받침한다. 그리고 『입 속의 검은 잎』에 나타나는 가난의 다양한 체험과 이미지들을 사회적인 맥락에서 읽어낼 수도 있지 않을까.

친구의 소개로 『입 속의 검은 잎』을 처음 읽은 지 이제 15년 정도 흘렀다. 나 역시 오랫동안 기형도의 죽음에 매혹당해 있었고, 그런

25) 이명원, 「기형도—부조리한 시대의 절망」, 『연옥에서 고고학자처럼』, 새움, 2005.

까닭에 『입 속의 검은 잎』에 새롭게 접근하고자 노력하지 않았다. 그런데 십여 년 지날 즈음부터 생각이 바뀌었다. 죽음을 이야기하면서 동시에 주체할 수 없는 욕망을 내보이는 꼴들을 너무도 많이 보았기 때문이다. 그럴 경우 죽음은 그저 한낱 포즈에 머무르게 된다. 죽음은 욕망의 바벨탑을 일상적으로 쌓아 올릴 만큼 튼튼한 지반을 제공하지 않는 법이다. 또한 죽음을 입에 달고서 여선히 꿋꿋하게 살아나가기가 부끄러워졌기 때문이다. 입으로는 도저한 죽음을 이야기하며 오늘이 아닌 내일을 준비하는 것은 삶을 속이고 문학을 속이는 일이다. 죽음 의식은 죽음을 먼 훗날 언젠가 발생할 일로 유보하는 것이 아니라 '지금 여기'에서 직면한 상황으로 끌어당겨 인식할 때에야 비로소 나름의 깊이를 획득하게 되는 법이다.

내 나이 삼십 대 중반, 그래서 삶의 편에서 묻게 된다. 나를, 우리를 죽음의 방향으로 끌어당겼던 기형도는 대체 누구인가. 그가 살아냈던 시간대로부터 지금 세계는 얼마나 변하였는가. 그리고 기형도가 마주했던 절망, 즉 '세계는 변하지 않는다!'라는 인식에서 나는 얼마나 떨어져 나왔는가. 무엇을 해야 하고, 무엇을 할 수 있는가. 기형도는 이런 물음을 통해 '되−살려'져야 한다.

20대 신용불량자
20만 시대,
다시 읽는 「대학 시절」

기형도의 「대학 시절」

나는 『경향신문』을 구독한다. 2012년 9월 24일자 1면 하단에서 '대기업 매출 149% 늘 때 고용 32% 늘어'라는 제목의 기사를 읽었다. 기사의 첫 단락은 이렇다. "국내 10대 주요기업의 매출액은 지난 10년간 2.5배 늘었지만 종업원 수는 1.3배 느는 데 그쳤다. 대기업의 '고용 없는 성장'이 심화되는 것이다."[26]

기사의 제목을 볼 때부터 벌써 마음이 무거워졌다. 취업이 안 되는 제자들의 처지가 자연스레 겹쳐졌기 때문이다.

26) 김희연, "대기업 매출 149% 늘 때 고용 32% 늘어", 『경향신문』, 2012년 9월 23일, 1면.

당시 대학교 4학년에 적을 두고 있는 청년들은 기형적으로 많았다. 예컨대 취업이 되지 않아 졸업을 일부러 미루고 있으니 한 학년 40명 정원인데 그 수가 70~80명에까지 이르는 학과가 있을 정도였다. 이러한 현상이 특별한 경우가 아니라 일반적이라는 데 문제의 심각성이 있었다. 졸업에 대한 대학생들의 두려움은 그만큼 컸다.

구체적인 맥락에서 따져보면 차이가 있겠으나, 일단 그 차이를 무시하고 전개하자면, 대학교 졸업이 얼마나 두려운 일인가를 일찌감치 토로했던 시인이 있었다. 『입 속의 검은 잎』(문학과지성사, 1989)을 유고 시집으로 남기고 다른 세상으로 떠나간 기형도.

> 나무의자 밑에는 버려진 책들이 가득하였다
> 은백양의 숲은 깊고 아름다웠지만
> 그곳에서는 나뭇잎조차 무기로 사용되었다
> 그 아름다운 숲에 이르면 청년들은 각오한 듯
> 눈을 감고 지나갔다, 돌층계 위에서
> 나는 플라톤을 읽었다, 그때마다 총성이 울렸다
> 목련철이 오면 친구들은 감옥과 군대로 흩어졌고
> 시를 쓰던 후배는 자신이 기관원이라고 털어놓았다
> 존경하는 교수가 있었으나 그분은 원체 말이 없었다
> 몇 번의 겨울이 지나자 나는 외톨이가 되었다
> 그리고 졸업이었다, 대학을 떠나기가 두려웠다
>
> ─기형도, 「대학 시절」 전문

기형도는 1980년대 전반기를 연세대학교 교정에서 보냈다. 그 시절에는 깊고 아름다운 "은백양의 숲" 그늘에 앉아 있어도 결코 편안할 수 없었나 보다. 하기야 그럴 만도 한 것이, 군부정권의 야만적인 폭압은 일상적으로 자행되었고, 의식이 깨어 있는 자라면 이를 순순히 용인하기 어려웠으리라. 그렇다면 "은백양 숲"에서 누리는 안락이란 엄혹한 현실에 눈감은 소시민 의식 위에서나 가능해진다는 자의식이 발동할 만하지 않은가. 그럴 때 시원한 그늘을 드리우는 저 나뭇잎들은 날카로운 바늘처럼 '나'를 따끔따끔 찌르는 무기로 다가온다.

　"각오한 듯/ 눈을 감고" 아름다운 숲을 지나치는 청년들이 할 수 있었던 선택이란 무엇인가. 먼저 "플라톤"을 독파하는 일이 불가했으니 관념 세계(이데아)로의 이월 가능성은 애초에 봉쇄되었다고 봐야 하겠다. 그렇다면 현실에 저항하거나("감옥"), 현실로부터 도피하거나("군대"), 현실에 영합하는("기관원") 일만이 가능했던 셈인가. 어느 길로도 선뜻 나서지 못했던 시인은 결국 "외톨이"로 남아 있다. 그렇지만 이 기간도 그리 길게 지속되지는 못할 터인데, 대학을 졸업하는 순간 세 가지 길 가운데 하나를 택하여 현실과 맞대면해야 하기 때문이다. 시인의 두려움은 이러한 상황에서 솟아올랐다.

　나는 우리 시대의 상황을 기형도의 「대학 시절」 위에 겹쳐 읽어도 무방하다고 판단한다. 생각해보라. 나무의자 밑에 가득 "버려진 책들"은 체제를 옹호하는 죽은 지식의 상징일 터인데, 실용적인 정보만을 중요하게 여기는 '기능적인 지식인'이 지금 도처에서 득세

하고 있지 않은가. 대학생들에게는 깊고 아름다운 "은백양의 숲"을 누릴 만한 여유는커녕, '나뭇잎조차 스펙으로' 만들어야 하는 무한 경쟁만이 펼쳐져 있다. 이 체제에서는 아름다운 숲을 "각오한 듯/ 눈을 감고" 지나치는 청년만이 살아남게 된다. 그러니 "플라톤"을 따라 읽으며 인문학적인 가치를 추구할 때마다 '자본의 채찍'이 바람을 가르는 소리가 경박하게 그러나 사납게 울릴 것이다.

그렇다면 선택의 폭이 달라졌는가.

① 현실에 저항할 경우 "감옥"의 문이 열리는 대신 무거운 '벌금 폭탄'이 안겨진다. 다음은 같은 날 『경향신문』 11면 머리기사의 일부이다. 8월 '반값 등록금 집회'에 참가했다가 항소심에서 벌금 30만 원을 선고받은 정 씨는 "이 외에 지난해 9월 반값 등록금 집회에 참여했다는 이유로 받은 벌금 200만 원 때문에 재판을 받고 있다. 그는 대학에 다닐 때 1000여만 원의 학자금 대출을 받았다. 어렵게 졸업은 했지만 매일 아침 10시면 대출이자를 갚으라는 2통의 문자 메시지를 받는다"고 했다.[27]

② "군대"로 건너갈 경우에는 엄혹한 현실이 잠시 유예될 따름이다. 다음 날 17면 머리기사의 제목을 보라. "작년 1000만 원 이상 고액 학자금 대출 22만 명". 이러한 현실은 날로 심각해져만 가니 제대하고 학교로 돌아오면 더욱 커다란 벽, 즉 더욱 비싼 등록금과 직

---

27) 김한솔, "'반값 등록금' 집회 참가자 여전히 벌금·재판 '이중고'", 『경향신문』, 2012년 9월 23일, 11면.

면할 것이다. "수천만 원대 대학 학자금 대출을 받은 학생의 수가 최근 3년간 급증하고 있는 것으로 나타났다."[28]

③ 따라서 현실에 영합해야 하는 방안만이 확실하게 다가온다. "20대 청년 2만 명 '신용불량 상태'로 사회 첫발"[29]이 현실이니, 생존을 위해서는 달리 대안이 없지 않겠는가. 자, 이를 두고 현실이 달라졌다고 말할 수 있을까.

기형도가 견디어낸 「대학 시절」은 엄혹하였고, 그 위에서 현실의 모습을 겹쳐 읽어낼 수 있는 시대는 불행하다. 나는 대학 교수를 직분으로 삼아 밥벌이하고 있는 사람. 누군가로부터 존경을 받고 있는지 장담할 수 없으나, 나 역시 원체 말이 없어서는 곤란하겠기에 몇 마디 첨언하며 글을 맺어야겠다. 이를 위하여 글이 시작하는 처음 단락으로 되돌아가보자. "국내 10대 주요 기업의 매출액은 지난 10년간 2.5배 늘었지만 종업원 수는 1.3배 느는 데 그쳤다. '고용 없는 성장'이 심화되는 것이다."

앞에서 선택의 가능성으로 살펴보았던 ①, ②, ③은 개인의 관점에서 접근한 것이다. 반면 '고용 없는 성장'이란 신자유주의에 편승한 정부의 정책이 어떤 내용이었던가를 짐작케 한다. 그렇다면 다른 대안을 봉쇄해버리는 방향으로 나아갔던 정부의 정책을 문제 삼

---

28) 박홍두, "작년 1000만 원 이상 고액 학자금 대출 22만 명", 『경향신문』, 2012년 9월 24일, 17면.
29) 김지환, "20대 청년 2만명 '신용불량 상태'로 사회 첫발", 『경향신문』, 2012년 9월 23일, 17면.

는 것도 중요하게 고려해야만 한다. '만인에 대한 만인의 투쟁'을 당연하게 여겨서는 곤란하며, 제로섬게임(zero-sum game)을 넘어서고자 노력해야 한다는 말이다.

노무현 정부에서 대통령의 입으로 자처했던 유시민 의원은 정부에 대한 기대를 버리라며 "취업은 각자가 책임지는 것"이라고 주장한 바 있다. 아니다, 그는 틀렸다. '만인에 대한 만인의 투쟁'을 정당화할 것이 아니라, 열린우리당이 집권하기 위해 내걸었던 청년 실업 해소와 일자리 2만 개 만들기 공약을 실천했어야 했다. 방향이 잘못된 것은 이명박 정부도 마찬가지다. 일자리는 만들어내지 못하면서 대학 평가에 취업률을 적극 반영하는 방식으로 사태에 접근하고 있는데, 이는 현실을 호도하는 임시방편에 불과하다. '만인에 대한 만인의 투쟁'이 '학교'라는 외피를 한 겹 걸쳐 입었을 따름이다. 제로섬게임은 여전히 진행되고 있다.

20대 신용불량자 2만 명 시대를 넘어서기 위해서는 먼저 제로섬게임을 문제 삼을 수 있어야 한다. 무한 경쟁을 당연하게 받아들이는 시각부터 교정해야 한다는 말이다. 이것이, 무력하지만, 아무 말 없이 현 상황을 회피하기에는 너무나 미안하기만 한 대학교수로서의 나의 입장이다.

변혁은 왜
어려운가

대학생이었을 때, 내 자취방의 한쪽 벽면에는 시 한 편이 널찍하게 붙어 있었다. 한지에 붓글씨로 한 땀 한 땀 새겨진 그 시는 백무산의 「만국의 노동자여」였다.

시는 "무슨 밥을 먹는가가 문제다/ 우리는 밥에 따라 나뉘었다/ 그 밥에 따라 양심이 나뉘고/ 윤리가 나뉘고 도덕이 나뉘고/ 또 민족이 서로 나뉘고"(1연)라고 시작하여 "게으른 역사의 바퀴를 서둘러/ 움직일 수 있는 사람들 오직/ 지상의 모든 노동자들이여/ 형제들이여!"로 끝을 맺는다. 이 작품이 실린 시집 『만국의 노동자여』(청사)가 발간된 해는 1988년이었고, 내가 그 자취방에 들어가 살았던 때는 1991년 무렵이었다. 그러니까 지금으로부터 이십여 년 전이다.

지난 이십여 년 동안 참 많은 변화가 있었다. 세계사 차원에서라면 현실 사회주의국가가 몰락했고, 이에 따라 세계 질서 또한 신자유주의 체제로 급박하게 재편되었다는 사실을 꼽을 수 있다.

이러한 전개는 한국 사회에도 그대로 이어졌다. 몇 번의 선거를 치르는 동안 여당과 야당이 바뀌는 사건이 벌어지기는 하였으나, 신자유주의의 가치를 견고하게 구축해나갔다는 측면에서만 보자면 누가 정권을 잡든지 크게 변별되는 지점은 없었다.

예컨대 비정규직 노동자가 분신하자 노무현 대통령이 직접 나서서 "분신을 투쟁으로 삼는 시기는 지났다"고 냉소적으로 일축했던 대목은 나에게 하나의 상징적인 장면으로 남아 있다. 참여정부의 부자 감세, 대학교 등록금 인상 묵인 등은 그러한 인식 위에서 가능했을 것이다. 이라크 파병이라든가 한미 자유무역협정(FTA) 체결 압박 등도 이와 무관하지 않으리라.

변한 것은 자본주의로 포섭된 사회주의국가라든가, 서민을 삶의 벼랑으로 내모는 민주화 세력의 반민중적 입장뿐만이 아니다.

우리 자신도 많이 변하였다. 비유컨대 그동안 우리는 '어떤 밥을 먹느냐'(생산)고 묻는 대신 '어떤 똥을 싸느냐'(소비)라고 따지는 데로 나아갔다. 그래서 "너는 어디에 사니?"라는 물음은 곧 '너의 계급을 알려달라'는 요청과 등가를 이룬다. 어느 광고에 나온 것처럼, 요즘 어떻게 사느냐는 친구의 물음에 아무 말 없이 자신의 승용차를 보여주면 모두 다 알아채야 하는 분위기다. 명품 가방 선물이 여자 친구에게 보여줄 수 있는 가장 확실한 사랑의 징표로 통용되는 것은 그 때문이 아닌가. 한때 같은 밥을 먹는다는 서로에 대한 연대 의식으로 뭉쳤던 '노동 형제들'도 시대의 이러한 경향으로부터 자유로운 것 같지는 않다.

사실 나는 보수언론에서 '귀족 노조' 운운하면 우선 콧방귀부터 뀌고 보는 편이다. 그네들이 노동 현장의 실체를 어떻게 왜곡하고 호도하는가는 익히 알고 있기 때문이다. 어떤 대통령이 나서서 그런 표현을 써도 고개를 가로저으며 구체적인 내용 파악에 들어가게 된다. 노동계급을 분할통치하려는 의도라는 혐의가 먼저 들기 때문이다.

노동자계급을 '붉은 메시아'라고 관념적으로 떠받들어서는 곤란하겠지만, 그래도 생산 현장과 소비 행태를 하나로 뭉뚱그려 파악하기 위해서는 그러한 조심스러움이 필요하지 않겠는가. 그럼에도 불구하고 보수 세력의 '귀족 노조' 타령을 그저 이데올로기 공세로만 치부할 수는 없는 형편이다. 2011년 단체협약 때 있었던 현대자동차 노조의 자녀 세습 채용 요구가 그 까닭을 명료하게 보여준다. 당시 나는 보수 세력이 "귀족 노조"라고 호명하자 현대자동차 노조가 나서서 "예"라고 대답하는 것과 같은 느낌을 받았다. 아, 그 배신감이라니!

변혁은 왜 어려운가. 내 바깥에 펼쳐진 세상을 바꾸어나가면서, 동시에, 나 자신도 바꾸어나갈 수 있어야 하기 때문이다.

나 자신을 바꾸어나가지 못하는 변혁은 필경 실패하고 만다. 지저분한 세계 속에서 살아온 나 또한 세계의 낡은 가치로부터 완전히 자유로울 수는 없을 터, 이 지점에 눈을 감은 변혁은 결국 기득권자의 이름을 바꿔치기한 형식적인 사건에 머무를 가능성이 농후하기 때문이다.

2007년 제17대 대통령 선거에서 우리 국민들은 한나라당의 이명박 후보를 선택했다. 거기에는 여러 가지 이유가 있겠으나, 아마도 그가 '더 많은 똥'(소비)을 쌀 수 있도록 해주리라는 기대감이 중요하게 작동했을 것이다. 그에게 쏟아진 부정하기 어려울 정도로 명백한 의혹들과 약점들은 이런 기대 속에서 간단하게 압도당하고 말았다. 그 결과 우리는 지난 몇 년간 파렴치한 독선과 횡포를 견디어야만 했다

우리는 이명박 정부가 구축하는 야만의 질서와도 싸워야 하지만, 동시에, 우리 안의 이명박도 냉엄하게 직시해야 한다. 그래야만 비로소 새로운 세계를 예감할 수 있다.

이명박 정부가 구축한 야만의 질서와의 대결은 우리가 함께 손을 잡고 진행해야 할 터이나, 우리 안의 이명박을 직시하는 작업은 저마다 홀로 펼쳐나가야 한다. 그러니까 성찰과 반성의 단위는 '우리'라는 복수가 아니라 단수 '나'라는 것이다. 집단의 결의를 통해 이끌어낸 노선의 수정 혹은 정책의 전환이 성찰, 반성과 혼동되어서는 곤란한데, 그것은 사회과학의 영역과 인문학의 영역을 헷갈린 소치인 까닭이다.

그런 점에서 나는 세상을 바꾸자는 구호 안에는 제 스스로에게

향하는 비수 하나가 들어 있어야 한다고 생각한다. 내 안의 썩은 부분을 도려낼 수 있어야 한다는 것이다.

2011년 말, 황규관이 시집 『태풍을 기다리는 시간』(실천문학사)을 냈다. 거기에는 「만국의 노동자여, 분열하자」라는 시가 실려 있다. 이 시에서 나는 시인이 품고 있는 가슴속 비수 하나를 발견하였다.

그는 '만국의 노동자'의 투쟁하는 단위 '우리'에게 이제 분열하여 각자 반성하는 개인의 자리로 돌아가자고 제안한다. 시집 전체를 일별하면 드러날 터인데, 그렇다고 황규관이 '우리'라는 단위를 지워버리는 것은 아니다. 오히려 거꾸로 반성하는 개인들이 각자의 자리를 지키면서 우리로 다시 모일 가능성을 모색한다고 판단하는 편이 정확할 것이다. 나는 이러한 시인의 인식에 전적으로 동의한다. 나는, 너는, 우리는 이러한 태도에서 다시 시작하여야 하리라고 판단하기 때문이다.

견디기 힘든 깊은 간극이
우리 내부에 있다

버리지 못해 앓고 있는 관능과
초과 전류가 흘러 뜨거워진
미간이 뒤섞여 있다
함께 밥을 먹어도
불투명한 건 미래만이 아니다

오지 않는 건 평화만이 아니다

찢겨져버린 시간이
우리 영혼에 부어졌다
비겁한 뒷걸음질과
더 갖고 싶은 욕망이
함께 부르는 노래 속에 뒤섞여 있다

우리 이제 분열하자
만국의 노동자여, 분열하자

하나에서 여럿으로
소음에서 새벽으로
거리에서 냇물로, 분열하자
광야로 산허리로
다리를 절룩이는 비둘기로

거친 모래알처럼 도끼에
쪼개진 마른 장작처럼
병든 새끼를 버리고 떠나는
굶주린 암사자처럼
어둔 허공으로 사라지는 불티처럼

활활 분열하자

비 그치면 우북해지는

허리 아픔이 되자

그 위로 부는 바람이 되자

— 황규관, 「만국의 노동자여, 분열하자」 전문

사족 하나. 정신분석학에 따르면 '황금＝똥'이다. '더 많은 황금'을 '더 많은 똥'으로 치환할 수 있는 근거는 여기서 마련하였다.

경제민주화와
파렴치한 대기업 총수들

박경리의 『토지』 1부

어쨌든 경제민주화는 이제 회피할 수 없는 우리 사회의 과제가 된 듯하다. 정부 여당마저 경제민주화를 주장하고 있으니 우리 시대의 과제라는 판단이 가능할 테고, 다소 무책임하게 문두에 '어쨌든'이라고 갖다 붙이는 까닭은 실상이 이에 부합하는지에 대해서는 회의적이기 때문이다.

가령 봄이 왔어도 변치 않는 서울시청 앞 대한문 근처의 살풍경이 그 실상을 상징적으로 보여주지 않는가. 일터에서 쫓겨난 이들은 이제 극한 상황에 내몰려 대한문 앞에 천막을 치고 제발 관심 좀 가져달라고 호소하고 있다. 대기업 총수들은 모여서 가진 자를 존경할 줄 모르고 오히려 문제 집단 바라보듯 한다면서, 사회 분위기를 한탄하고 있는 실정이다. 아마 그러한 사회 분위기 변화에 따른 정부 여당의 대처가 경제민주화일 성싶다.

대기업 총수들이 자신들에 대한 존경을 이야기할 때 나는 실소를 지으면서 박경리 대하소설 『토지』(나남출판, 2007) 1부의 몇 장면을 떠올렸더랬다. 소설에 따르면 개항기의 혼란을 파악하는 관점은 민중과 양반이 아주 달랐다. 민중들은 이야기한다.

"개맹이라는 기 별것 아니더마. 한 말로 사람 직이는 연장이 좋더라 그것이고 남으 것 마구잡이로 뺏아묵는 짓이 개맹인가 본데, 강약이 부동하기는 하다마는 그 도적놈을 업고 지고 하는 양반나리, 내야 무식한 놈이라서 다른 거는 다 모르지마네도 옛말에 질이 아니믄 가지 말라 캤고, 제몸 낳아주고 길러준 강산을 남 줄 수 있는 일가?"(1부 1권, 133쪽)

나라 팔아먹는 양반님네들에 대한 비판 의식이 민중들의 목소리에 실려 있다.

그런데 양반들은 이를 계급의 측면에서 이해한다.

"굶주린 이리 떼를 잡아 가둘 생각은 않고 막아놓은 울타리 터주는 격이지. 갈 데 없어요, 이젠 양반들 내장까지 파먹으려들 터이니. (벼슬아치들 수탈이 심해 민란이 난 줄 아시오?) 배고프고 헐벗었기 때문에 민란이 난 줄 아시오? 언제는 상놈들이 호의호식했었소? 울타리만 높고 튼튼했더라면 뱃가죽이 등에 붙어 죽는 한이 있어도 팔자거니 생각했을 게요. 허한 구석이 있어야, 기어들 구멍이 있어야 소리를 질러보고 연장도 휘둘러보고 그러다 막는 힘이 약할 것 같으면 밀고 나오는 게 요, 아우성을 치면서." (1부 1권, 209쪽)

양반과 민중 사이의 벽을 공고히 해야만 안정이 가능하다는 인식이다.

상황을 이해하는 관점이 이렇게 다르니 민중과 양반 사이의 대화가 가능할 리 없다. 그런데 흥미로운 대목은 토지를 운영하는 방법에 있어서만큼은 인식이 서로 일치한다는 사실이다.

참판 집에서 마름이 소작인을 찾아와 약정한 만큼 채우지 못했다며 "약정대로 할 사람한테 땅을 맽길밖에" 없다고 으름장을 놓자 농부가 응수한다. "조상 대대로 부치온 땅을, 내 눈에 흙이 안 들어갔는데 어느 놈이 부치묵어? 어림없다! 어림없는 소리다! 냉수 마시고 속 차리서 들으소! 내 막마음 한분 묵으믄, 어느 시래비 자식이 땅을 내놔? 어느 시래비 자식이 그 땅을 부치묵어? 어림없다! 대갈통이 가리가 될 기다!" (1부 3권, 210쪽) 조상 대대로 부쳐온 땅을 내놓지 못하겠다는 소작인도 소작인이지만, 마름의 으름장도 그 소작인이 워낙 약조를 우습게 알기 때문에 겁이나 주려고 쏟아낸 말일 따름이다.

그 시절 아무리 지주라고 해도 소작인에게 줬던 경작권을 함부로 빼앗지는 못했다. 이는 일종의 관습법으로 통용되었다고 볼 수 있겠다. 다른 데서도 이러한 양상은 더러 드러난다.

다른 농부는 "증조부 때부터 부치묵던 땅"이라고 설명하며 '김 훈 장'에게 최 참판네 종에게서 들은 다음과 같은 소문을 전한다. "머 앞으로 변동이 있일 기라는 둥, 옛날식으로는 안 할 기라는 둥, 그 래 변동이 있이믄 조상 때부텀 부치온 땅을 거둬간다, 설마 그 말은 아니겄지요? 옛날식으로는 안 한다 카지마는 어떻게 옛날식으로 안 한다 말입니까."

여기에 대한 김 훈장의 훈계가 단호하다. "공연한 걱정이야. 종놈 이 뭘 안다고. (…) 상것들 소견이란 노상 그렇지, 체통 차릴 신분이 어찌 감히 그따위로 파렴치한 생각을 하겠나. 그보다 날씨 걱정이 나 하게."(1부 3권, 337쪽)

양반이란 '체통 차릴 신분'이니 마땅히 '그따위로 파렴치한 생각' 조차 해서는 안 된다. 당시 최소한의 도덕률은 이렇게 작동했던 것 이다. 그럼에도 불구하고 『토지』 1부 마지막 권에 가서 이를 여지없 이 깨버리는 몰염치한 양반이 등장한다. 최 참판 댁의 재산을 날로 집어삼킨, 개화물을 배부르게 먹은 조준구다.

"옛날에는 없었던 새 법이 생겼는가. 조상 대대로 그런 문서 없이도 아 무 탈 없이 땅을 부쳤는데." 혼잣말같이 뇐다. 그새 밖에서 영산댁이 고 추장 뚝배기를 들고 들어온다.

"새 법? 그기이 조 참판네 법 아니가. 요새 도장 찍는 기이 시풍인 모양 인데 나라를 팔아묵을 적에도 다섯 놈이 들어서 도장을 찍었다 카고 그 놈들은 백성들 허락 없이 도적질해서 팔아묵은 기지마는 우리네사 몸

뚱아리 팔아묵었는 기라. 몸뚱아리 팔아묵은 기나 진배없지. 문서에다
한분 약정을 했이믄 나라도 고만인데 이 내 겉은 불쌍한 농사치기."

"청승은 늘어지고 팔자는 옹그러진다."

영산댁이 핀잔을 준다.

"아무튼지간에 꼼짝 못 하게 생겼는 기라. 약정된 수를 못 내믄은 곡가
(穀價)를 따지서 돈으로 내야 하고 그것도 못 내믄은 장리 빚 이자가 또
장리 빚이 되고 또 되고 또 되고 눈사람이 되고 그, 그러고는 자손만대
까지 빚이 안고 넘어가는 기라." (1권 4부, 326쪽)

싸잡아 얘기하면 언제나 무리가 따르는 법이지만, 내가 보기에
현재 대부분의 대기업 운영자들은 조준구 계열로 이해해도 괜찮을
듯싶다. 돈만 된다면 수단과 방법을 가리지 않고 골목 상권으로 침
투해 들어가는 이들에게서 조준구의 모습은 너무나 쉽게 드러나기
때문이다. 도장 몇 개 찍으면 다 돈 아닌가. 조준구처럼 친일파로 나
서는 것은 아니지만, 법을 어기면서까지 비정규직 노동자들의 처우
를 박대하는 것을 보면 나라 알기를 우습게 아는 것은 매일반이다.

하기야 그럴 만도 하다. 마스크로 얼굴 가리고 휠체어만 타면 죄
질이야 어떠하든 '상당 부분' 용납되는데 굳이 법을 지킬 필요가 없
을 테니 말이다. 그네들은 절대 체통 차릴 신분이 아니다. 체통이 뭔
지, 염치가 뭔지 모르는 부류이다. 돈맛에 눈이 먼 중인 나부랭이 정
도나 될까.

그런데도 자신들에 대한 존경을 이야기한다. 글쎄, 그네들이 노

동자를 위시한 민중들을 "굶주린 이리 떼"로 여기는 한편, 굶주린 이리 떼가 "울타리만 높고 튼튼했더라면 뱃가죽이 등에 붙어 죽는 한이 있어도 팔자거니 생각"하는 존재라고 판단하는 것은 옛날 양반들과 상통하는 바 있겠다.

그렇지만 그러한 극단적인 인식에도 불구하고 옛 양반들은 스스로 마을공동체의 수호자이기를 자임했던 반면, 현재 대기업 운영자들은 이윤을 위해서 공동체를 파괴하고 노동자들과 서민들을 죽음으로 내몰 따름이다. 그러면서 존경 운운하다니, 김 훈장의 목소리로 이야기하건대, "그따위로 파렴치한 생각"은 곤란할 수밖에 없다.

내가 하고 싶은 얘기는 양반의 의식이 중인보다 낫다느니 못 하다느니 하는 것이 아니다. 사회 구성원들로부터 존경을 받으려면 먼저 우리 모두가 낱낱의 존재가 아니라는 공동체의식부터 가질 수 있어야 한다는 것이다. 물론 부지런한 사람이라면 논의를 더욱 발전시킬 수 있을 터이다. 공과 사를 대립적으로 파악하지 않았던 그 시절의 소유관계를 자본주의 체제의 모순을 넘어서는 공동체 복원이란 사상 위에서 어떻게 새롭게 추구할 수 있을까. 누군가로부터 받는 존경에도 수준을 나눌 수 있다면 아마 이러한 물음은 아주 중요하게 작동할 수밖에 없으리라.

누구도 저 꽃을
철망에 가두지 못하리라

이기영의 『고향』,
안상학의 「비나리 윤씨 전하기를」

지난 2주 동안 교정과 학교 뒤 춘덕산의 봄꽃이 만개하였다. 목련, 벚꽃, 진달래, 개나리 등이 한데 어울려 피었으니 천지가 온통 환해진 듯했다. 지난주에는 가끔 비가 내려서 이내 꽃이 떨어지고 말면 어떡하나 걱정하기도 했으나, 웬걸, 그 환한 풍경은 변함없이 이어져서 내 마음까지 밝게 하였다.

지금 몸담고 있는 학교로 오면서부터 나는 뒷산을 산책하기 시작했다. 일주일에 한 번 이상 다니는데, 둘러보는 코스는 대략 한 시간 정도 소요된다. 물론 지난주에도 춘덕산 산책을 하였다. 이번에는 국문학을 전공하는 동료 교수와 함께였다.

가만히 멈춰 먼 곳을 조망하거나 흐드러진 꽃무더기를 핸드폰으로 찍고, 아이 키우는 얘기 혹은 세상 돌아가는 얘기를 나누기도 했다. 그러다가 동료 교수가 문득 꺼낸 말이다.

"그런데, 신기하지 않아요? 철망 사이의 문을 통과하기 전까지는 학교 땅이었잖아요. 아까 진달래가 계단 따라 쭉 도열한 곳에서부터 여기 어디까지가 누군가의 사유지고요. 그리고 여기서부터는 부천시 소유니 공유지가 되겠죠. 자연은 이렇게 경계 없이 꽃을 피웠는데, 인간은 그걸 이렇게 쪼개고 저렇게 쪼개서 제 것이라고 주장하고 있는 거죠. 멀쩡한 산이나 땅에 말뚝 박아놓고 누가 처음 '내 소유다!' 주장했을 때, 사람들이 미친놈 취급하지 않고 어떻게 그걸 승인해주었는지, 거 참 신기한 사건이었단 거죠."

"그렇죠. 그럼에도 불구하고 대부분의 사람들은 방금 그런 말을 들으면 그걸 더 신기하게 생각할걸요? 저만 해도 그래요. 90년대 초반에 생수를 돈 주고 사 먹는 걸 보면서 유난 떤다고 경멸했었죠. 특히 운동권 친구들이 그러면 분노를 느끼기까지 했어요. 남들보다 좀 튀어보고자 하는, 나중에 읽은 부르디외의 용어로 하면 '구별 짓기' 정도로 판단했던 거죠. 그런데 저 역시 지금은 수돗물을 받아 먹는 대신 정수기로 거른 물을 먹고, 그게 아니면 생수를 사 먹고 있단 말이에요. 모든 게 상품이 되어버리는 현실을 별다른 저항 없이 받아들이고 있다는 말이 되는데, 가끔 제 자신의 변화가 신기하기도 하지만, 대부분의 시간을 아무런 의식 없이 그렇게 지내고 있으니, 원."

"사실 제 얘기는 루소의 『인간 불평등 기원론』에 나오는 내용이

죠. 화사하게 핀 꽃을 보면서 계속 걷다 보니 갑자기 그 내용이 생각난 겁니다. 오늘처럼 꽃그늘을 걷고 있으면 루소의 말이 옳은 것 같아요. 따져보면 그렇게 오래전도 아닐 텐데요, 그렇게 말뚝 박아서 자기 땅이라고 우겨대기 시작한 게요. 그리고 보면 한번 굳어진 인간의 관념이란 얼마나 무거운 것인지 실감하게 되네요."

"다른 나라는 정확히 모르겠고, 우리나라는 토지조사사업이 실시되었을 때부터일 테니 지금으로부터 약 백 년 정도 되었을 거 같네요. 이기영의 『고향』(풀빛, 1991)에서 그런 내용을 읽은 적이 있어요. 얼마 전까지 마을 뒷산은 마을 사람들이 자유롭게 드나들며 계절마다 혜택을 취할 수 있었는데, 사유재산이 되어버린 지금은 그렇지 못하게 되었다는 걸로 기억합니다만. 물론 그 전에는 다른 형태의 소유관계가 있었겠지만 말입니다. 말이 나온 김에 연구실로 돌아가면 『고향』의 그 부분을 다시 한번 읽어봐야겠네요. 오늘 산을 둘러본 기념으로요. 그리고 보면 이기영은 지금 우리가 말하고 있는 무거운 관념에 포획되지 않고, 오히려 그 기원을 직시하고 있었던 셈이라고 할 수 있겠군요. 『고향』을 1933년 11월부터 연재했으니 아직 그 기원을 까먹기에는 시간이 충분히 흐르지 않았던 측면도 있겠고요."

"『고향』에 그런 내용이 있었던가요? 가물가물한데, 저도 다시 읽어봐야겠는걸요."

춘덕산 소요(逍遙)를 마치고 연구실로 와서 확인해보니 내가 떠올렸던 『고향』의 그 대목 내용은 다음과 같았다. 다소 길기는 하지만 그대로 옮겨본다.

지금부터 삼십여 년 전에는 원터 앞내 양편으로 참나무 숲이 무성했다. 원터 뒷산에도 아름드리 소나무가 울창하게 들어서서 대낮에도 하늘이 잘 안 보였다. 그 숲 위로 달이 떠오르고 뒷산 송림 속으로 해가 저물었다. 여름에 일꾼들은 녹음에서 땀을 들이고 젊은 남녀들은 달밤에 으슥한 숲속을 찾아서 청춘의 정열을 하소연하였다.

봄에는 갖은 새가 이 숲에 와서 울고 뒷산 바위틈에는 진달래꽃이 빨갛게 피어났다. 아지랑이가 낀 먼 산은 푸른 하늘 밑으로 둘러서고 꾹꾹새는 처량히 뒷산에서 울 때 마을의 여자들은 이 숲 안으로 빨래를 오고 사내들은 천렵을 하지 않았던가.

가을이 되어서 낙엽이 풋덕풋덕 떨어질 무렵에 밤송이는 아람이 벌고 물방아감이 되는 참나무에는 가지가 휘도록 상수리가 열렸다. 그러면 아이들과 여자들은 끼리끼리 바구니를 들고 나와서 상수리를 털고 밤을 주웠다. 거기는 몇 주가 안 되는 밤나무와 냇둑으로 늘어선 버드나무를 제하고는 모조리 참나무 숲이 늘어섰다.

그들은 참나무 밑둥을 큰 돌멩이로 후려 때려서 상수리를 털어놓고 제가끔 주웠다. 억척스런 마을 여자들은 사내만 못지않게 돌멩이를 참나무에 내붙였다.

나무갓을 베고 나서 추수를 앞두고 잠시 일손을 쉴 동안에 젊은이들은 그들을 따라와서 장난치고 농담을 붙였다. 넓은 들안에 벼이삭은 황금빛으로 익어가는데 그들은 유쾌하게 청추(淸秋)의 하룻날을 보내었다. 남자들은 상수리를 털어주고 누가 많이 줍나 저르미를 하였다. 그것으로 묵을 쑤고 떡을 해서 그들은 서로 돌려주며 먹었다. 그때는 그들에게도 생활이 있었다. 그들의 생활에는 시(詩)가 있었다.

그런데 그렇던 숲이 부지중 터무니도 없어지고 따라서 그들에게도 지금은 아무것도 없지 않은가! 단지 남은 것이라고는 쉴 새 없는 노동이 끝창 없는 가난을 파고들 뿐 지금 그들은 모두 그날 살기에 눈코 뜰 새가 없었다.

— 이기영, 『고향』, 145~146쪽.

가만히 따져보면 마을 뒷산을 공유했던 기억이 지금에 이르렀다고 해서 완전히 사라진 것도 아닌 것 같다. 안상학 시인의 『오래된 엽서』(천년의시작, 2003)에 실린 「비나리 윤 씨 전하기를」과 같은 시에서 이를 확인할 수 있다.

윤 할아버지의 목소리를 능청스럽게 옮기고 있는 시인의 태도도 일품이지만, 말뚝 박아놓고 경계를 지어 내 것이라고 우겨대는 세상의 가치 체계를 거부한다는 점에서 윤 할아버지의 진술 또한 일품이다.

그 영감 그러데.

내 나이 80에 송이 하나 갖고 이 지랄은 처음이여. 내가 이래 뵈도 50년 전부터 저 산에서 송이를 땄어. 누가 감히 날더러 송이를 따라 마라 해. 제깐 놈이 산을 샀으면 샀지. 난 판 적 없어. 내가 우리 땅, 우리 산

148

에 그놈의 송이 한 뿌리 따지 못한다면 인간도 아니지. 아 썩을 놈의,
그럼, 노루 새끼, 토깽이 새끼도 못 들어가게 해야지. 와, 멀쩡하게 두
발로 걸어다니는 놈, 그간 버섯 하나 따 먹는다꼬 지랄은 지랄이여. 내
가 이래 봬도 한 50년 전부터 저 산에서 송이를 따먹은 놈인데 시방 와
서 무슨 훼방은 훼방이야. 50년이 누 아 이름이가. 예끼 놈, 아나 송이
여기 있다!

그 영감, 팔뚝을 내지르는데 거참 힘있데.

—안상학, 「비나리 윤 씨 전하기를」 전문

상상력이란 아무것도 없는 데서 무언가를 만들어내는 힘이 아니
다. 지각 작용을 통해 받아들인 이미지를 변형시키는 힘이 상상력
이며, 이를 통하여 인간은 해방감을 느낄 수 있고 꿈을 꾸게 된다.
나의 얘기가 아니라 『공기와 꿈』(이학사, 2000)의 시작 부분에 나오는
바슐라르의 진술이다. 그런 점에서 본다면 이기영의 『고향』이나 안
상학의 「비나리 윤 씨 전하기를」에는 무거운 현실을 훌쩍 뛰어넘는
상상력이 충분히 들어가 있다고 할 수 있겠다. 보라, 사적 소유를 기
반으로 하는 현실의 질서 너머로 내달리고 있지 않은가.
꽃은 창밖으로 내다보이는 풍경 속에 피어 있고, 이기영과 안상
학의 상상력은 서가에 꽂혀 있는 책 속에 활자로 누워 있다. 그 두
개의 의미를 환기하는 사이, 올해 맞은 나의 봄날은 저물고 있다.

비싸게 팔리기를 바라는
기성품의 삶

채만식의 「레디메이드 인생」[30)

지난 5월에는 적성모의고사 문제를 출제하느라 5일부터 10일까지 합숙해야 했다. 그렇게 일주일을 보내게 되면 5월은 그냥 훅 흘러가버린 느낌이 든다.

합숙 들어가기 전에는 2일 대산문화재단과 한국작가회의에서 주최한 '2013년 탄생 100주년 문학인 기념문학제'에서 발표를 가졌다. 원고를 작성하느라 4월도 정신없이 보냈다는 말이다. 그 와중에 졸업생을 한 명 취업시키기 위해 친분이 있는 출판사에 다녀오기도 했다.

---

30) 채만식, 『채만식전집 7』, 창비, 1989.

합숙에서 풀려난 후 여러 매체를 통해 주변을 살펴보니 정신없는 것은 나뿐만이 아니었다. 인터넷에서는 윤창중 청와대 대변인의 추행 여파가 들끓어 오르는 시점이었다. 정신 상태가 불안정한 사람이 제멋에 취해 놀다가 큰 사고 쳤군, 정도의 생각이 들었다. 신문에서는 남양유업의 소위 '갑질'이 심각하게 다뤄지고 있었다. 딸이 먹는 분유, 치즈를 확인하고 다른 회사 제품으로 바꾸기로 했다. 대학생의 취업과 관련한 문제도 신문이나 방송의 한 부분을 차지하고 있었다.

눈에 띄는 내용은, 취업률이 낮아 배재대학교에서는 국어국문학과를 폐지하기로 결정했다는 소식이었다. 청주대학교에서는 같은 이유로 회화과를 폐지한다고 했다. 내 소속이 또 국어국문학과인지라 인터넷에서 배재대학교의 사례를 찾아 확인해보니 건양대학교, 서원대학교에서는 이미 국어국문학과가 폐지되었거나 통폐합된 상태였다.

뭐 그렇다고, 국어국문학과의 상징성이 있는데 어떻게 대학교에서 폐과시킬 수 있단 말인가,라고 따질 생각이 있었던 것은 아니다. 다만 대학 평가에서 취업률이 차지하는 비중이 실질적으로 절대적인 까닭에 여러 대학이 이런 방식으로 대책을 강구하는구나, 절감했을 따름이다.

사실 교수 입장에서도 졸업하는 학생들의 취업률이 낮으면 가슴이 답답해질 수밖에 없다. 그래서 내가 속해 있는 학과에서는 교수들의 권유로 졸업생들의 사은회를 몇 년째 하지 않고 있는 실정이다. 학교 본부에서는 대학 평가가 걸려 있으니 여러 경로를 통해 취업률 상승을 닦달해댄다.

오죽하면 학술대회 쉬는 시간에 내 또래의 교수들은 서로 상대 학교의 취업률이라든가 학생 취업 방안을 교환하겠는가. 그래도 별 뾰족한 수가 나오는 것도 아니다. 이래저래 대학교수들도 힘들다. 그러니 졸업하는 학생들만큼은 아니겠지만 교수들 역시 뭔가 억울한 느낌을 지울 수 없다.

생각해보라. 참여정부 시절에도 청년 실업 문제는 심각했다. 유시민 전 의원이 2005년 5월 16일과 23일 "취업에 관한 것은 각자가 책임지는 것이다", "자신의 취업 문제를 정부와 연관시키는 사람의 취업 가능성은 낮다"라고 연거푸 발언했을 정도였다. 즉 심각한 청년 실업 문제를 청년 각자에게 돌려 정부의 책임을 회피하고자 했던 것이다.

반면 이명박 정부는 그 책임 소재를 각 대학교에 돌려세우고 나섰다. 그래서 취업률을 대학 평가의 중요한 지표로 반영했던 것 아닌가. 그런데 일자리를 제대로 늘리지도 않으면서 졸업생들 취업률만 올리라는 것은 무한 경쟁만 부추기는 데 그치고 만다. 한데도 지원에서 불이익받을까 두려운 대학 당국은 정부를 향해서는 아무 말도 못 하고 그저 마른걸레 짜듯 교수들만 쥐어짠다. 그게 지금껏 이어지고 있다. 그러니 교수도 억울하다는 것이다.

『경향신문』 5월 10일자의 "학생 대 교수 '취업 문제로 대립'"[31]이라는 기사를 읽을 때는 그래서 씁쓸함이 더했다. 조선대학교에서는 취업률을 교수 평가 항목에 집어넣기로 하였는데 그 결과, "평가 항목별 점수 배분은 재학생 유지율과 취업률이 각각 30%, 교육원가와 연구 업적이 각각 20%"가 되어 "교수들의 연구 업적보다 취업률의 점수가 많다"는 내용이었다.

이에 많은 교수들이 반대 의견을 냈고, 단과대학 학생회장 ㄱ 씨는 "대학 홈페이지 자유마당에 '제자들의 취업에는 관심도 없고 취업 의무 사항을 빼지 않으면 서명 운동을 한다는 교수님들은 용납하지 않을 것'이라는 내용의 글을 올렸다"는 것이다. 갈등의 선이 이렇게 그어져서는 곤란하지 않나. 순간 어느 교수의 한탄이 생각나기도 했다. "그래도 수도권은 좀 낫지 않나요? 지역에는 일자리 자체가 말랐어요. 죽을 지경입니다."

1930년대에도 실업 문제는 지금처럼 심각했을 것이다. 동반자작가 채만식의 작품을 읽으면서 나는 그런 생각을 한다. 아니, 사실 그의 대표작 가운데 하나인 「레디메이드 인생」이라는 작품의 제목만 생각해도 자동적으로 지금의 상황이 겹쳐진다. '레디메이드 인생', 얼마나 의미심장한 제목인가. 자본주의사회에서 생산수단을 소유하지 못한 자는 어딘가로 팔려가지 못한다면 자신의 생존 근거를 마련할 수 없다.

마르크스가 계급을 주장하는 근거가 여기에 있다. 우리들 대부분

---

31) 강현석, "학생 대 교수 '취업 문제로 대립'", 『경향신문』, 2013년 5월 10일.

은 스스로 스펙을 쌓아 올려 누군가에게 가능한 비싸게 팔려나가기를 기다리는 기성품에 불과하니, 그러한 운명을 일러 마르크스는 계급이라 불렀던 것이다. 그런데 스스로가 자유로운 개인이라고 생각하나. 그렇다면 마르크스는 다시 이데올로기의 위력에 대하여 얘기할 거다.

채만식은 자본주의가 구축되는 과정의 분위기를 다음과 같이 정리하고 있다.

> 신흥 부르주아지는 민주주의의 간판을 이용하여 노동자·농민의 등을 어루만지고 경제적으로 유력한 봉건 귀족과 악수를 하는 동시에 지식 계급을 대량으로 주문하였다.
>
> 유자천금이 불여교자 일권서라는 봉건 시대의 진리가 자유주의의 세례를 받아 일단의 더 발전된 얼굴로 민중을 열광시켰다.
>
> "배워라. 글을 배워라… 지식만 있으면 누구나 양반이 되고 잘 살 수가 있다."
>
> (…)
>
> "가르쳐라. 논밭을 팔고 집을 팔아서라도 가르쳐라. 그나마도 못 하면 고학이라도 해야 한다." (52쪽)

> "그리하여 민중의 지식 보급에 애쓴 보람은 나타났다." (53쪽)

산업 구조가 갖춰지면서 사회에 활력이 돌기 시작했던 것이다. 그렇지만 상황은 급박하게 뒤집어진다.

> 인텔리… 인텔리 중에도 아무런 손끝의 기술이 없이 대학이나 전문학
> 교의 졸업증서 한 장을 또는 조그마한 보통 상식을 가진 직업 없는 인
> 텔리… 해마다 천여 명씩 늘어가는 인텔리… 뱀을 본 것은 이들 인텔
> 리다.
> 부르주아지의 모든 기관이 포화 상태가 되어 더 수요가 아니 되니 그
> 들은 결국 꾐을 받아 나무에 올라갔다가 흔들리는 셈이다. 개밥의 도토
> 리다.
> 인텔리가 아니 되었으면 차라리… (7~8자 탈락) …노동자가 되었을 것
> 인데, 인텔리인지라 그 속에는 들어갔다가도 도로 달아나오는 것이 99
> 퍼센트다. 그 나머지는 모두 어깨가 축 처진 무직 인텔리요, 무기력한
> 문화 예비군 속에서 푸른 한숨만 쉬는 초상집의 주인 없는 개들이다. 레
> 디메이드 인생이다. (53~54쪽)

레디메이드 인생, 그 운명이 맨 얼굴로 드러나고 있다는 점에서
지금은 1930년대와 다를 바 없다. 다른 말로 하면, 호황과 공황 사
이에서 오르락내리락 장난질하는 자본주의의 곡선이 그때와 마찬
가지로 오늘도 밑바닥으로 내려앉아 있다는 것이다.

이 지점에서 우리는 이런 생각도 해볼 만하지 않을까. 왜 우리는
자본주의 사이클의 상승과 하강에 따라 롤러코스터를 타야만 하는
지, 레디메이드 인생을 주어진 운명처럼 받아들여야 하는지, 어찌

해야 정녕 자유로운 개인이 될 수 있는지….

물론 출제를 끝마치고 시험 기간에 돌입하기 전에 나는 학생들의 취업 상담을 했으며, 인턴 자리를 알아보기도 했다. 급한 불은 꺼야 하기 때문이다. 그렇지만 나를, 우리를 둘러싼 질서에 대해 묵묵히 순응하는 것과 다른 길을 찾아보기 위해 물음을 던질 줄 아는 것과 모르는 것은 크게 다를 것이다.

진지한 물음을 던지는 데서부터 비로소 길은 열리기 시작한다고 나는 생각한다. 그리고 지금 이 자리에서 그러한 질문을 펼쳐나가 지 못한다면 레디메이드 인생은 언제고 다시 악귀처럼 반복하여 귀 환할 것이다.

노동자의 분신과
대화 불통의 대통령

연이은 노동자들의 분신

  사람들은 보통 언어의 교환만 대화라고 생각한다. 하지만 한 사람의 사소한 몸짓이나 미세한 표정 변화 하나하나 역시 언어가 될 수 있다. 누군가를 애절하게 사랑해본 사람이라면 이미 알고 있으리라. 사랑하는 이의 표정 하나, 행동 하나가 얼마나 무겁고 커다란 의미를 지니는 것인가를. 의미의 교환이 일어나지 않을 때 싸움이 벌어진다. 그런 점에서 냉전이든 열전이든 여하튼 모든 싸움은 과격한 형태의 대화라고 할 수 있을 것이다. 연인의 경우 이러한 싸움마저 무용해질 때 결별을 맞이하게 된다.

  노동자들이 자꾸 분신하고 있다. 손해배상, 가압류 소송 따위가 만들어내는 현실이 그만큼 잔인하고 악랄하기 때문이다. 나는 노동자들의 행위에서 하나의 주장을 읽어낸다. 그들에 대해 유달리 애정이 있다거나 독해 능력이 출중해서가 아니다. 분신이라는 표현 방식이 너무나 충격적이기 때문이다. 그들은 죽음으로써 말한다. "이런 야만적인 현실을 그대로 방치해서는 안 된다." 나는 그들의 주장에 공감한다. 노예제의 부활을 꿈꾸지 않는 사람이라면 충분히 공감하리라고 믿는다. 이를 주장하기 위해 그들이 취한 극단의 선택이 바로 분신인 셈이다. 사회 현실을 고발하기 위한 불가피한 선택인 만큼 최근의 분신을 '사회적 타살'이라고 이해해도 무방하다고 본다.

안타깝게도 노무현 대통령은 노동자 분신의 의미를 전혀 해독해내지 못하고 있다. 오로지 극단적인 표현 방식만 나무라고 있을 뿐이다. 유난히 대화를 강조하는 노 대통령의 발언을 보라. "분신을 투쟁으로 삼는 시대는 지났다." 그렇다면 대체 어찌하란 말인가. 삶의 벼랑 끝으로 내몰린 이들이 대체 무엇을 할 수 있다는 말인가. 정쟁에 바쁜 정치권이 잠시 짬을 내어 법적, 제도적 장치를 마련해줄 때까지 마냥 기다리라는 것인가. 이래서 대화가 가능할 리 없다. 대화가 가능하다면 오로지 가장 과격한 형태의 대화 방법만 남아 있을 뿐이다. 그래서 발생한 것이 '화염병 시위'라고 봐야 한다.

화염병 시위가 옳다고 옹호하는 것은 아니다. 마찬가지 맥락에서 최근 경찰의 폭압적 진압 방식을 문제 삼을 의도도 없다. 시위 현장을 중심에 두고 얘기를 풀어서는 답이 나올 수 없다는 것이 나의 판단이기 때문이다. 논점은 왜 노동자와 경찰이 그렇게 맞설 수밖에 없는가를 따지는 데 있다. 거리에서 대치하고 있는 노동자와 경찰은 대화 불통에 따른 피해자일 뿐이다. 도대체 왜 대화가 이루어지지 않는 것일까. 누가 대화를 거부하고 있는 것일까. 노 대통령과 보수 언론은 노동자들의 폭력성만 부각시켜 그들을 고립시킴으로써 사태를 무마하려고 해서는 안 될 것이다. 군사정권 때부터 지금껏 쭉 이어져온 쉬운 방식이기는 하지만, 그렇게 처리하기에는 노동자의 현실이 이미 극한 상태에 이르렀기 때문이다.

대화를 위해 가장 먼저 필요한 것은 노 대통령의 태도 변화다. 즉 노동자를 대화의 상대로 인정하라는 것이다. 사실 노 대통령의 대화법은 상당히 혼란스럽다. 지난(2003년) 11월 6일 언론에서는 '한미 이라크 파병 실무 협상'에서 우리 정부가 "비전투병 위주로 3000명 병력을 추가 파병키로 방침을 세웠다는 일부 보도와 관련해" 청와대는 "대통령도 모르는 파병 규모를 언론이 어떻게 아느냐"며 부인한 뒤 "국제 문제에 영향을 끼치는 중요한 문제가 이렇게 무책임하게 보도되어서는 안 된다"고 강조하기까지 했다.[32] 그런데 언론의 보도는 사실로 드러났으니 대통령 스스로 논란을 증폭시키는 꼴이다. 전체 국민과의 대화조차 이렇게 미봉책으로 급급한 형편이니 노동자들에 대해서는 말할 나위가 없다. 여기에 대해서라면 보수 언론까지 합심한 양상이 아닌가.

---

32) 김상협 기자, "盧 '나도 모르는 파병보도 유감'", 『매일경제』, 2003년 11월 6일.
   <https://www.mk.co.kr/news/home/view/2003/11/365069/>

인터넷에서는 "대선 당시 노무현 후보에게 표만 주지 말고 돈도 좀 모아서 줬어야지"라는 노동자들의 탄식이 흘러 다니고 있다. 노 대통령은 이러한 노동자들의 탄식에 대해 답해야만 한다. 그러지 않는 이상 화염병은 언제고 다시 등장할 것이다. 새로운 정치도 그만큼 멀어질 수밖에 없을 것이다.

4부

인문학의 창에 비친
한국 정치의 현주소

해체해야 할
거대 양당의
적대적 공생 관계

온 나라가 뒤죽박죽 엉망진창이다. 정부 여당이 지지하는 장관 후보보다 이를 비난하는 자유한국당 원내대표가 더 많은 잘못을 저질렀다고 항변할 때부터 감지하기는 했다. 표면상 격렬하게 대립하고 있으나, 여당인 더불어민주당과 제1야당 자유한국당은 서로에 대한 분노를 자양분 삼음으로써 각자의 존립 근거가 견고해지는 지점으로 치닫고 있다. 지난 16일 자유한국당은 국회 경내에서 집회를 가졌고, 이때 다른 당 국회의원, 당직자 및 국회 직원에게 폭력과 성추행을 저질렀다. 자유한국당 지지자들 나름의 존재 증명인 셈이다.

선거법 개혁안이 너덜너덜 누더기로 전락해가는 과정을 지켜보면 거대 양당의 적대적 공생 관계가 다시 한번 실감된다. 민의를 보다 폭넓고 정확하게 반영하기 위하여 선거제는 마땅히 개혁되어야한다. 그렇지만 자유한국당은 논의 자체를 거부하는 방식으로, 더불어민주당은 개혁 취지를 훼손하는 방식으로 일관하고 있다. 표면상의 격렬한 대립에 아랑곳없이, 낡은 선거법 체제를 가능한 유지하면서 공생 관계를 이어나가는 것이 거대 양당에게는 이득이 되는 것이다.

정치 지형의 변화 없는 상호 적대적인 양상은 사회 전반으로 확대되고 있으며, 이는 결국 사법 시스템에까지 영향을 미치기에 이르렀다. 19일 정경심 동양대 교수의 공판에서 검찰은 사실상 재판정을 흠집 내고 망신 주는 시위를 벌였다. 10일 공판에서 재판부는 조국, 정경심 편에 섰다고 몰아붙이는 검찰 측에 다음과 같이 지적했다고 한다. "제 판단이 틀릴 수도 있습니다. 검사님은 검사님 판단도 틀릴 수 있다는 생각 안 해봤습니까?" 이 순간 정부 여당의 반대편에 놓인 검찰의 자리가 선명하게 드러난다. 불편부당한 심판자를 자처하고 있으나, 자신의 막강한 권력의 후원이 되어줄 정치 세력에게 기울어져 있다는 혐의를 검찰이 떨쳐내기는 어려워 보인다.

분노만 확대 재생산될 뿐 상황을 타개할 전망이 부재한 상황에서 신유학의 성립 과정을 떠올려본다. 신유학을 주창했던 송나라의 지식인들 또한 이처럼 무거운 상황에 직면했었기 때문이다. 거란의 요(遼), 여진의 금(金), 탕구트의 서하(西夏), 베트남 방면의 대월국(大越國) 등과의 치열한 각축 속에서 한족의 송(宋)은 어떠한 입장을 취해야 하는가. 신유학자들은 전쟁 대신 화이부동(和而不同)의 가치를 가다듬었다. 각각의 국가들은 하나의 틀(문명권) 내에서 서로 어울려 공존해야 하는 한편, 나름의 전통과 문화에 입각한 특수성(개별성)을 유지해나갈 수 있어야 한다는 것이다.

국가 차원에서 무력이 행사될 위험을 제어하기 위해서 신유학자들은 정통(政統)과 도통(道統)을 분리하였다. 백성과 신하 위에 군림하며 힘으로써 통치하였던 황제들의 폐도 정치를 거부하고, 고대 성왕에서 공자에게로 이어졌던 덕에 입각한 왕도 정치를 잇겠다고 표명하였던 것이다. 왕도를 따르고 구현하기 위해서는 신유학자 자신도 스스로 부단하게 수양하는 존재가 되어야 한다. 그래서 학문은 위기지학(爲己之學)이라고 하여 도덕적 권위를 마련해나가는 수신의 방편으로 자리매김되었다.

물론 전근대의 가치관을 현 시대에 그대로 접속할 수는 없는 노릇이다. 그렇지만 신유학이 첨예한 대결 구도를 화해의 질서로 해소해나간 측면이라든가, 도덕의 권위를 무력이나 금력 따위보다 우월한 가치로 곧추세워나간 과정 등은 적지 않은 시사점을 제공한다. 예컨대 나경원, 조국, 김성태로 대표되는 정치인들을 둘러싼 온갖 의혹들은 수신이 얼마나 중요한 덕목인지 새삼 깨우쳐주는 바 있지 않은가. 거대 양당의 적대적 공생 관계에 안착해서는 이러한 현실 너머로 나아갈 희망을 일구어낼 수 없다. 대한민국의 미래를 위해서는 보다 더 커다란 그림을 그려나가야 한다.

조국 논란을 바라보는
한 기회주의자의 한탄

지난 몇 주간 어느 자리를 가든지 온통 조국 얘기였다. 어디서든 찬반이 명확히 갈려 격렬한 논쟁이 벌어졌다. 그런 와중에 나에게도 파편이 튀곤 하였는데, 파편이 날아든 방향은 언제나 두 갈래였다. 한 가지는 너의 입장은 무엇이냐는 물음이었다. 분위기가 분위기인지라 나로서는 그 물음이 어느 편인지 밝히라는 요구로 느껴지곤 했다. 나는 은근슬쩍 미끄러져 빠지는 방식을 취했다. 가짜 뉴스가 워낙 날뛰고 있는 판이니 지금으로서는 지켜볼 도리밖에 없지 않겠느냐는 것이 내 태도였다.

기회주의로 내몰릴 위험이 있었으나, 기실 뜨거운 대결 구도 속에서 너무나 많은 말들이 검증되지 않은 채 정제되지 못한 방식으로 쏟아지지 않았던가. 예컨대 주광덕 자유한국당 의원은 조국 딸의 한영외고 재학 당시 영어 과목 등급을 들어 논문 영역(英譯)이 가능한지 의혹을 제기했다. 이러한 의혹이 흠집 내기에 불과하다는 사실은 다행히 하루도 채 지나지 않아 밝혀졌다. 동양대 총장상을 둘러싼 사실관계는 공수가 바뀌었다. 최성해 동양대 총장의 발언은 오보이며, 동양대 측에서 정정보도를 요청하였다는 내용이 인터넷에 떠돌았으나, 오히려 이러한 정보가 가짜 뉴스였다. 다행히 이 사실도 반나절 내에 드러났다.

또 다른 한 가지 물음은 자식 교육에 대한 것이었다. 결혼을 늦게 하여 큰아이가 이제 겨우 초등학교 1학년이니, 다행스럽게도 여기에 대해서는 여유가 허용되었다. "나중에 문체부 장관 후보가 될지 모르니 자식 관리 잘해라." 이러한 농담은 웃음으로 끝맺어졌으나, 어쩌면 농담 속에 생각해봐야 할 주제가 감춰져 있을 수도 있다. 대학교수는 기득권이며, 기득권은 법이 허용하는 범위 내에서 펼쳐놓을 비장의 카드를 몇 장 쥐고 있다는 전제가 깔려 있기 때문이다. 자식 관리 잘하라는 말은 그 카드를 사용하지 마라는 조언이라고 나는 받아들였다.

조국을 옹호하는 측에서는 딸의 대학 입학 과정에서 위법 사항이 없었다고 주장한다. 대학 입학은 법이 허용하는 틀 내에서 이루어졌다는 것이다. 반면 대학생들은 분노를 표출하고 있다. 그러한 편법(便法)은 오직 한정된 기득권만이 사용할 수 있는 만큼, 불공정하다고 판단하기 때문이다. 다시 기회주의자처럼 이야기할 수밖에 없는데, 옹호하는 논리도 옳고 분노하는 감정도 옳다. 양자가 모두 옳은 까닭에 대학 입시 체제는 대폭 손질되어야 한다. 대학 입시뿐만이 아니라, 대학을 둘러싼 정책 또한 대폭 수정되어야 하며, 교육에 대한 우리 사회의 인식 자체까지도 바꿀 수 있어야 한다. 앞으로의 과제와는 별개로, 그동안 조국이 주장했던 바가 그의 삶과 퍽 괴리되었다는 사실은 여실히 드러났다고 해야겠다.

애매모호한 자리에 앉아 논란을 지켜보면서 발터 벤야민의 「종교로서의 자본주의」(『발터 벤야민 선집 5』, 길, 2008)를 다시 읽었다. 벤야민은 자본주의를 '순수한 제의종교(祭儀宗敎, Kultreligion)'라고 파악한다. 자본주의에서는 모든 것이 자본을 둘러싼 제의와 관련을 맺을 때 비로소 의미를 지닌다는 것이다. 이 제의는 꿈도 자비도 없이 영원히 지속된다. 내 눈길을 끌었던 대목은 다음과 같다. "자본주의 죄를 씻지 않고 오히려 죄를 지우는 제의의 첫 케이스이다. (…) 죄를 씻을 줄 모르는 엄청난 죄의식은 제의를 찾아 그 제의 속에서 그 죄를 씻기보다 오히려 죄를 보편화하려고 하며, 의식(意識)에 그 죄를 두들겨 박고 결국에는 무엇보다 신 자신을 이 죄 속에 끌어들임으로써 신 자신도 속죄에 관심을 갖도록 만든다." 과거 사노맹 투사였던 조국은 시간의 흐름 속에서 냉혹한 자본주의의 아귀에 잡아먹히고 만 것은 아닐까.

그동안 언론은 융단폭격하듯 조국에 관한 온갖 의혹을 쏟아부었다. 한국과 같은 천민자본주의 국가에서 그와 같은 의혹을 견디어낼 만한 사람이 얼마나 될까. 기득권의 경우는 더 말할 나위가 없다.

조국 지지자들이 인터넷 실검으로 나경원 자녀 의혹, 나경원 사학재단 비리, 나경원 소환조사, 황교안 자녀 장관상 등을 띄운 까닭은 이를 드러내기 위함이었을 터이다. 이러한 구도 속에서 정치는 최악의 선택을 피하는 행위가 될 수밖에 없다. 그렇다면 조국의 법무부장관 임명 여부는 그러한 방향에서 판단해야만 하나. 어찌할 도리 없이, 그러한 선에서 나의 입장을 정리하기로 했다.

인간의 도리와
귀환한 '동물국회'

최봉영의 『주체와 욕망』

　어릴 적 동네 어른께 삼여 년 동안 붓글씨를 배웠다. 처음에는 돼지털 붓으로 시작하였으나, 시간이 지나 황모(黃毛) 붓이나 노루털 붓으로 바꾸었던 기억이 난다. 일정 수준에 오르자 글씨 연습은 한글에서 한자로 옮겨갔다. 이후 유독 반복했던 글자가 '삼강오륜(三綱五倫)'과 관련된 덕목 그리고 '인의예지(仁義禮智), 효제충신(孝悌忠信)'이었다. 선생님께서 쓰라고 하셔서 썼을 뿐, 그 의미를 이해했던 것은 아니다. "사람이라면 마땅히 갖춰야 할 덕목이 있고, 따라야 할 도리가 있다." 선생님께서도 다만 그 정도로 설명하셨던 듯싶다.
　삼강오륜의 의미를 알게 된 것은 내 나이 이립(而立) 무렵, 최봉영의 『주체와 욕망』(사계절, 2000)을 읽으면서였다. 나를 존재케 한 분들이 부모이니, 부모의 은혜를 잊어서는 아니 된다. 선비에게 직업 세계로의 진입이란 출사인바, 왕을 정점으로 하는 그 세계에서는 마땅히 지켜야 할 도리가 있다. 남자와 여자는 같지 아니하므로, 그 차이를 알아 서로 존중해야 한다. 예컨대 부위자강(父爲子綱), 군위신강(君爲臣綱), 부위부강(夫爲婦綱)이란 그러한 관계들의 교차 가운데서 자신의 자리를 마련해나가라는 지침이었던 것이다.

근대 체제의 작동 방식과 비교했을 때 이는 실로 주목할 만한 내용이다. 우리가 살고 있는 세계에서는 우선 자유로운 개인을 전제로 한다. 홀로 떨어져 존재한다면 완전한 자유를 향유할 수 있을 터이나, 실상 그는 사회 내에서 다른 개인들과 더불어 살아간다. 사회 계약에 따라 자유가 제한되는 까닭이 여기에 있다. 어떤 개인에게 허용된 무한한 자유는 필연코 다른 누군가의 자유와 권리를 침해하지 않겠는가. 따라서 개인은 계약 사항, 다시 말해 법의 울타리만 넘어서지 않는다면 그 안에서 제 마음 내키는 대로 행동할 수 있다.

반면 우리네 선인들은 자유로운 개인에 앞서서 마땅히 따라야 할 도리를 강조하였다. 도리가 부각되었던 까닭은 이 세계를 관계들의 총합인 통체(統體)로 전제하였기 때문이다. 부모 없이 태어난 사람이 없을진대, 어찌 그 관계를 전제치 않는 자유로운 개인을 상정할 수 있단 말인가. 개인의 자리를 규정하는 관계가 그 하나로 한정될 리 만무하다. 이로써 개인은 통체의 부분자(部分子)로 자리매김하게 되며, 부분자는 선재하는 도리의 체득을 위하여 힘써야 했다. 수신 주체인 개인이 근대의 주체인 개인과 다를 수밖에 없는 것은 당연하다.

　요즘 국회에서 생산하는 뉴스를 접하노라면, 최소한의 수신마저 증발해버린 정치권의 민낯을 확인하게 된다. 민주주의가 민의의 반영으로부터 성립함은 상식에 속한다. 국회의원 선출 방식이 승자독식 구조에 갇혀 있으니, 다양한 민의를 보다 정확하게 반영하려는 변화는 당연히 모색되어야 한다. 각 정당의 손익계산이야 피할 수 없는 노릇이겠지만, 이러한 대전제는 마땅히 수용해야 하는 것 아닐까. 자유한국당은 그동안 이와 관련된 논의에 딴죽 걸면서 밖으로만 빙빙 내돌았다. 지금 긴박한 상황이 벌어지는 데 책임이 있다는 말이다. 그럼에도 불구하고 그네들은 패스트트랙 적용이 위법하다고 사생결단 투쟁을 전개하고 있다. 적법성 여부야 따져볼 수 있겠으나, 볼썽사나운 '동물국회'의 귀환은 동의하기 어렵다. 제 눈의 들보는 못 본다고, 폭력성을 앞세운 동물국회가 준법에 근거하고 있는 것도 아니다.

　임이자 자유한국당 의원의 문희상 국회의장에 대한 성추행 고소는 동물국회를 막장으로 이끌고 있다. 영상을 보면, 그녀는 끌어안 듯이 두 팔을 활짝 펼치고서 "나 건들면 성추행"이라며 국회의장을 몰아붙이던 상황이다. 우르르 몰려들어 국회의장을 겁박하던 자유한국당 의원들 사이에서는 "여성 의원들이 나서라"는 소리가 흐르기도 했다. 국회의장이 페이스에 말려들고 말았으니, 일견 그네들이 이긴 것처럼 보인다. 그런데 지켜보는 국민들은 임 의원이 목소리 높여 피력하는 "감당할 수 없는 수치심과 모멸감"의 진정성을 어찌 생각할까. 판단은 상황을 지켜보고 있는 국민들이 한다. 설령 법정에서 임 의원이 승리한다고 한들 국민들은 그와 별개로 정치적 심판을 거두지 않을 것이다.

선인들은 왜 하필이면 스스로를 수신의 주체로 자리매김하려고 했을까. 한낱 동물에 불과한 인간이 여타 동물과 변별되는 품위를 획득하기 위해서이다. 수신이야말로 인간의 품위를 확보하는 가장 유력한 방편일 수 있다. 동물국회를 보면서 내린 나의 결론이다.

여성 대통령
박근혜는 없다

동화 『미녀와 야수』,
헤르만 헤세의 『데미안』

　요즘 새누리당 박근혜 후보의 '여성 대통령론'이 논란을 일으키고 있다. 박근혜 후보를 여성이라고 볼 수 없다는 의미에서 "생식기만 여성"이라는 비난이 있었고, 여기에 대하여 새누리당에서는 당연히 격렬하게 대응하였다. 여성주의 입장에서도 생물학적으로는 여성(섹스)이나 사회적으로 남성(젠더)인 경우에 대한 비하가 내재해 있다는 맥락에서 비판이 나오고 있다.

　격한 논란 속에서도 박근혜 후보는 모친인 육영수 전 영부인의 이미지를 끌어안으면서 '여성 대통령론'을 강조하는 양상이며, 김지하 시인이 여기에 동조하며 지지 의사를 밝히고 나섰다. 아마도 최근 남성 출연자 문제가 논란이 되었던 영화 〈퍼스트레이디—그녀에게〉도 이러한 흐름과 무관치 않게 제작발표회 시기를 잡았을 것이다.

새누리당의 이러한 선거 전략은 적절하게 들어맞고 있는 듯 보인다. 프레임이 박근혜 후보의 과거사 인식에 맞춰졌던 이전 상황과 비교해보면 이는 분명하게 드러난다.

지난 9월 박근혜 후보는 인민혁명당(인혁당) 발언 이후 지지율이 하락하였으며, 10월 정수장학회 입장 표명 이후에도 하락한 바 있다. 기실 박근혜 후보가 9월 24일 기자회견을 열어 5·16, 유신, 인혁당 등에 대하여 사과할 수밖에 없었던 까닭도 그만큼 과거사 문제가 발목을 잡았기 때문이 아닌가. 버티고 버티다가 결국 떠밀리는 모양새가 되어 박근혜 후보는 체면을 구기고 말았다.

그러니까 과거사 문제에서 성 정체성 문제로 프레임을 이동시켰다는 것, 바로 이 지점에서 새누리당은 어느 정도 성과를 얻었다는 평가가 가능해진다.

그런데 박근혜 후보에 관한 한 과거사 문제와 성 정체성 문제를 쉽게 구분할 수 있는가는 의문이다. 주지하다시피, 박근혜 후보는 육영수 전 영부인이 1974년 광복절 행사장에서 암살당하고 난 뒤부터 박정희 전 대통령이 1979년 10월 26일 쓰러질 때까지 퍼스트 레이디로 활동한 바 있다.

출생 연도가 1952년이니 퍼스트레이디로 활동하기 시작했을 때 박근혜 후보의 나이는 22세였고, 구국여성봉사단(이후 새마음봉사단으로 개칭) 총재로 취임했던 1978년에는 26세였다. 구국여성봉사단, 새마음봉사단은 유신 정신을 함양하기 위하여 국민정신 개조 운동을 펼쳐나갔던 단체라고 한다. 그렇다면 유신 시절 박근혜 후보는 육영수 전 영부인이 자처했다고 알려진 '청와대 내 야당'의 역할을 수행했던 것이 아니라, 부친인 박정희 전 대통령이 펼쳐나갔던 폭압적인 독재정치의 한 축을 이루었다고 보아야 하는 것 아닐까.

물론 이는 과거사 문제에 해당하는 사안이다. 하지만 새마음봉사단의 발족과 운영 과정을 살펴보면 다른 해석도 가능해질 듯하다. 지난 6월 21일 인터넷 매체 『프레시안』에 윤태곤 기자의 "박근혜, 퍼스트레이디 시절 무슨 일이?"라는 기사가 올랐다.[33]

이 기사에 따르면, 새마음 갖기 운동은 박근혜 후보가 1977년 1월 3일 MBC 신년 특집 프로그램 '대통령 영애 박근혜 양과 함께'에 출연하면서 처음 제안하였고, 1월 19일 '새마음갖기 국민운동본부'가 발족하면서 본격화되기 시작하였다.

흥미로운 대목은 바로 다음 구절이다. "같은 해(1979년—인용자) 5월 박정희 당시 대통령이 명예총재에 추대되면서 새마음운동은 절정에 달한다. 하지만 자신이 명예총재로 추대된 자리에서 박 대통령이 '요란하게 기세를 올리는 것보다 조용하고 차분하게 실천 가능한 것부터 하나씩 실천해나가야 할 것'이라고 말한 것을 보면 청와대 내부에서도 우려가 없지 않았던 것 같다." 당시 상황에서 박근혜 후보

33) 윤태곤, "박근혜, 퍼스트레이디 시절 무슨 일이?—국민정신 개조 '새마음운동'은 무엇이었나", 『프레시안』, 2012년 6월 21일. <http://www.pressian.com/news/article/?no=20883>

가 얼마나 자발적이고 적극적이었는가가 드러나는 장면이다.

문학비평에서 가끔 '원형 분석' 방법론을 적용하는 나는 이 대목에서 『미녀와 야수』에 대한 조지프 헨더슨의 분석을 자연스럽게 떠올렸다.[34] 이야기의 내용에서 중요한 사실을 몇 가지 정리하면 다음과 같다.

'미녀'는 셋째 딸이며, 어머니의 존재는 나타나지 않는다. 그리고 딸들 가운데 가장 아름답고 헌신적이고 착하기 때문에 아버지의 사랑을 독차지하고 있다. 어느 날 아버지는 딸들에게 가장 가지고 싶은 것이 무엇이냐고 묻는다. 미녀는 순결한 사랑을 상징하는 흰 장미를 원한다. 미녀의 바람을 충족시켜주려던 아버지는 이로 인하여 큰 곤경에 빠지게 된다. 야수를 만나게 되는 것이다. 이후의 전개야 널리 알려져 있으니 생략하기로 한다. 다만 여기에 한 가지 사실을 덧붙인다면, 미녀가 야수에 대한 사랑을 깨닫고 눈물 흘리자 야수는 마법이 풀려 잘생긴 왕자로 변하였다는 것이다. 자, 이제 조지프 헨더슨의 분석을 보자.

> 여기에서 미녀(소녀가 되었든 부인이 되었든 마찬가지이다)는 아버지와 감정적으로 연결되어 있다. 자연스럽게 연결되어 있는 것이 아니고 영적(靈的)인 특성으로 말미암아 이 관계는 더욱 더 깊어지게 되어 있다. 미

---

34) 조지프 헨더슨 외, 『인간과 상징』, 이윤기 옮김, 열린책들, 2009.

녀는 착해서 아버지에게 흰 장미 한 송이만을 소원한다. 그러나 이것은 착하다기보다는 대단히 잔혹하다. 미녀의 무의식적 의도가, 미녀가 워낙 착하기 때문에 은폐되어 있어서 그렇지, 사실 이 미녀는 잔혹함과 친절함이 뒤섞인 어떤 원리(잔혹함과 친절함은 바로 야수의 속성이기도 하다)에 처음에는 아버지를 그다음에는 자기 자신을 바치고 있다. 미녀는 지나치게 정숙하고 비현실적이다. 미녀가 이렇게 정숙하고 비현실적인 것은 그렇게 정숙하고 비현실적인 사랑에 사로잡혀 있기 때문이다. 그러니까 미녀는 이러한 사랑으로부터 구원을 받고 싶어 하는 것이다.

그런데 야수를 사랑하게 되면서 미녀는 동물적인(그래서 불완전한), 그러나 순수하게 에로스적인 모습 속에 은폐되어 있는 인간적인 사랑에 눈뜬다. 이것은 바로 관계성의 기능(function of relation)에 대한 자각을 나타내고 있다. 이 자각을 통하여 미녀는 그때까지 근친상간적(近親相姦的) 공포 때문에 억압되어 있던 근원적인 성적 욕망의 에로스적인 요소를 받아들일 수 있게 된다. 그러니까 미녀는 아버지에게서 떨어지기 위해 근친상간의 공포를 받아들여야 한다. 미녀가 착할 수 있었던 것은 이 공포 때문에 환상 속에서 살기 때문이다.

그런데 미녀는 동물적인 인간을 알고, 한 여성으로서 그 동물적 인간에 대한 자신의 진실한 반응을 발견하게 된다. 이로써 미녀는 억압의 권능으로부터 미녀 자신과, 미녀의 내부에 존재하는 남성상을 해방시키게 되고, 사랑이라는 것은 영혼과 자연을 결합시키는 어떤 관계임을 깨닫게 되는 것이다.

—조지프 헨더슨, 「고대 신화와 현대인」(『인간과 상징』)

박근혜 후보의 사례를 여기에 대입해볼 수 있다. 육영수 전 영부인의 피살로 인해 '미녀' 박근혜는 어머니의 자리, 정확하게 말하자면 비어 있는 아버지의 옆자리를 차지하게 되었다. 퍼스트레이디로의 역할 수행이 이를 보여준다. 박근혜 후보가 당시 퍼스트레이디로 나아갔다는 사실이 단지 어떤 자리를 대신 채웠다는 형식적인 수준에 머무르는 것일까. 그런 것 같지는 않다.

조지프 헨더슨의 목소리로 이야기하자면, "미녀가 워낙 착하기 때문에 은폐되어 있어서 그렇지, 사실 이 미녀는 잔혹함과 친절함이 뒤섞인 어떤 원리에 처음에는 아버지를 그다음에는 자기자신을 바치고" 있는 듯하다.

자, 보라. 이미 '아버지의 옆자리＝흰 장미'를 차지한 "지나치게 정숙하고 비현실적인" 이 미녀는 아버지의 의중을 미리 읽고 적극적으로 행동에 나섰다. 당시 청와대 내부에서도 박근혜의 새마음운동 행보에 우려를 표했다는 측면에서 이러한 해석이 가능해진다.

이때 주목해야 하는 것은, 행위 그 자체가 아니라, 그녀가 아버지와 감정적으로 연결되는 방식이다. 그러니까 그 관계를 적절하게 끊어내지 않는다면 곤란한 상황에 직면할 수밖에 없다는 말이다.

미녀의 착한 마음씨가 아버지를 곤경에 빠뜨렸던 것처럼, 퍼스트레이디 박근혜의 심리 구조는 그의 부친을 죽음으로 밀어 넣었다. 물론 이는 결과적으로만 그러하다. 퍼스트레이디 박근혜와 박정희 전 대통령이 감정적으로 연결되는 방식까지가 여성성 문제와 연결되는 반면, 박정희 전 대통령의 피살이란 이와는 별개로 역사의 흐름 층위에서 이야기할 사안이기 때문이다.

그렇지만 그 두 층위의 문제가 하나의 방향에서 수렴되고 있는 것은 분명하다. 착한 딸로서의 역할을 수행하려는 적극적인 노력이 독재정치의 한 축을 담당하는 데로 이어짐으로써, 역설적이게도, 유신 정권이 파국을 맞는 데 일조했던 것은 의심의 여지가 없지 않은가. 박근혜 후보에 관한 한 과거사 문제와 성 정체성 문제를 분리하여 파악하기가 곤란하다는 판단은 그래서 가능하다.

자신이 착한 딸이었다고 박근혜 후보는 이야기한다. 그러면 여기서 시작해보자. 선거 국면에서 잠잠해졌지만, 새누리당 내부에서도 박근혜 후보의 가장 큰 문제는 불통(不通)이라는 비판이 내내 이어져 왔다. 당연하다. 박근혜 후보의 내면에는 아버지의 그림자가 짙게 드리워져 있기 때문이다. 그러한 까닭에 박근혜 후보는 아버지의 그림자를 매개로 하여 겨우 존재근거를 획득하게 된다. 짙은 선글라스로 자신의 표정을 가렸던 박정희 전 대통령처럼 박근혜 후보가 의사소통의 지점에서 한 걸음 물러서 있는 것은 이로써 이해할 수 있다.

박근혜 후보에게 '수첩공주'라는 비난이 가해지기도 한다. 이 또한 당연하다. 그녀에게 드리운 박정희 전 대통령의 그림자란 한낱 망상의 수준일 터, 이를 생동하는 현실 맥락 속에서 재구성하기 위해서는 의식적, 무의식적인 준비가 필요할 수밖에 없다. 수첩은 그러한 준비의 상징물이다.

'인혁당'을 '민혁당'이라고 부르는 실수를 거듭한 까닭은 무엇인

가. 회피하고 싶은 무의식적 충동의 발로일 텐데, 그럼에도 불구하고 박근혜 후보는 이러한 지점을 부정할 수는 없다. 아버지인 박정희 전 대통령의 부정으로 이어지기 때문이고, 이는 다시 자신의 존재근거를 뒤흔드는 일이 되어버리기 때문이다. 과거사 문제를 인정하는 데 그렇게까지 힘들었던 까닭은 이 지점에서 찾아야 한다. 남동생 박지만 씨에 관한 의혹에 대하여 신경질에 가까운 반응을 보이는 것도 별반 다르지 않다.

그녀는 박정희 전 대통령의 그림자 안에서 공인(公人)이면서 동시에 사인(私人)으로 완벽하게 결합해 있는 것이다. 박근혜 후보의 여성성 여부를 둘러싼 논란이 공허해지는 이유도 '박정희 전 대통령의 그림자=박근혜' 후보라는 근본적인 사실에서 기인한다.

오해를 일으키지 않기 위해서 한 가지 사실은 덧붙여야겠다. '미녀'가 사랑을 느낀 순간 야수는 그녀에게 잘생긴 왕자로 다가섰다. 그렇다면 지금 나는 박근혜 후보가 결혼하지 않았다는 사실을 비난하고 있는 것인가. 그렇지는 않다. 물론 결혼 여부가 스스로를 변화시킬 중요한 계기이기는 하다. 하지만 이것이 유일한 방법은 아니다. 성별의 차이를 떠나서 누군가가 어른이 된다는 것은 부모의 절대적인 그림자로부터 벗어나는 것이라는 사실을 함의한다.

『데미안』(헤르만 헤세, 1919)의 유명한 문구 "새는 알을 깨고 나온다"가 이를 집약하여 보여준다. 그러니까 이 글에서 내가 주장하는 바는, 아무리 나이를 먹었어도 부모의 그림자로터 자유로울 수 없다면 우리는 언제까지고 왕자이고 공주인 '어린아이'일 수밖에 없다

는 사실이다. '1차 TV토론'이 끝난 뒤 새누리당에서 박근혜 후보의 옹호 논리로 펼쳐나갔던 어법으로 얘기하건대, "전두환 전 대통령에게 6억을 돌려받았던 불쌍한 소녀 가장"은 지금도 여전히 우리 앞에 있다.

여성 대통령 박근혜? 글쎄, 당선 여부를 떠나서 그러한 존재가 가능할지는 모르겠다. 그렇지만, 당선 여부를 떠나서 박근혜 공주가 계속 남아 있으리라고 판단할 수는 있겠다.

4대강 사업에
'살리기'란 말
쓰지 말라

한나 아렌트의 『예루살렘의 아이히만』

요즘 어릴 적 읽었던 「황금알을 낳는 닭」이란 동화가 자꾸 떠오른다. 이명박 정부에서 막무가내로 밀어붙이고 있는 소위 '4대강 살리기 사업' 때문이다. 기실 더 많은 황금을 한꺼번에 얻으려는 탐욕 때문에 자신을 망칠 뿐만 아니라, 멀쩡하게 살아 있는 생명을 죽음으로 몰아넣는 점에서는 동화와 현실이 별반 다를 바 없다. 동화를 읽었더라도, 탐욕에 눈이 먼 사람은 파국에 이르고 나서야 비로소 상황을 깨닫는 법이다.

가령 『시사IN』 147호에 실린 "'죽음의 먼지' 석면까지 투입된 4대강 사업"[35)]이라는 기사를 보라. '살리기 사업'이라는 명목에도 불과하고 오히려 죽음의 그림자가 넓고 짙게 드리워진 형국이라 할 수 있다. 『경향신문』 7월 14일자 기사 "'맹꽁이' 죽음 내모는 4대강 공사"[36]의 내용 역시 마찬가지다. 첫 문장은 다음과 같다. "대체 서식지에서 말라 죽은 단양쑥부쟁이처럼 맹꽁이도 모두 말려 죽일 셈인가." 공사장 주변에서 처참하게 떼죽음당한 물고기 사진도 언론을 통해 꽤 여러 번 보기도 했다. '4대강 살리기'로 인해 죽음이 도처에 넘쳐나는 실정이다.

하지만 이명박 대통령은 이러한 사실을 전혀 모르는 듯하다. 로봇 물고기의 길이가 1미터가 넘으면 다른 물고기들이 놀란다고 걱정했다는데, 글쎄, 죽은 물고기가 커다란 로봇 물고기의 등장에 놀랄 일은 없겠으니 우선 물고기를 살릴 방안부터 모색해야 하는 것 아닐까. 좀 더 정확하게 말한다면, 물고기를 죽음으로 내모는 정책부터 수정 혹은 폐기해야 하는 것 아닐까. 로봇 물고기의 길이에 대한 논의는 그러한 전제 위에서나 가능할 것이다.

'살리기'라는 표현도 그렇다. 뭔가를 살리겠노라면 우선 그 대상은 죽었다/죽어간다는 사실이 증명되어야 한다. 그런데 그러한 과정은 생략되어버리지 않았나. 이와 관련해서 내가 본 자료는 왜곡으로 짜깁기되어 있었다. 예컨대 '이제는 낙동강을 살려야 합니다'

35) 장일호, "'죽음의 먼지' 석면까지 투입된 4대강 사업", 『시사IN』, 2010년 7월 14일.
   <https://www.sisain.co.kr/news/articleView.html?idxno=7912>
36) 권기정, "'맹꽁이' 죽음 내모는 4대강 공사", 『경향신문』, 2010년 7월 14일.
   <http://news.khan.co.kr/kh_news/khan_art_view.html?artid=201007131824275&code=940701&s_code=ah009>

라는 홍보 영상에 등장하는 경천대 경관을 보라. 경천대는 낙동강 700리 가운데 제1비경이라 이를 정도로 수려함을 자랑한다. 그 경천대의 푸른 강과 초록 산림을 검은 색채로 어둡게 덧칠해놓고 '낙동강이 죽어가고 있다'라고 주장하면 곤란하지 않겠는가. 오히려 그렇게 실상을 왜곡하면서까지 무리하게 '살리기 사업'을 추진해서 남는 것이 파괴와 죽음 아닌가.

지난 18일 낙동강 순례를 하면서 문경 지역의 낙동강 35공구에 들렀다. '청강부대'가 공사에 투입된 장소다. '청강'은 아마 '淸江', 즉 강을 맑게 한다는 뜻이리라. 그래서 그런지 공사장 근처 건물에는 '민족의 젖줄을 살린다'라는 구호도 크게 적혀 있었다. 군부대를 투입해서 진행하는 공사가 어떻게 일자리 창출에 효과적인지 의심이 가지만, 이것은 생명의 소중함에 비한다면 부차적인 문제이다. 공사장에 투입된 군인들은 과연 자신들의 작업에 자긍심을 가지고 있을까. 알 수 없는 일이다. 자신들이 민족의 젖줄을 살리고 있다고 믿는 측에서는 자긍심을 가질 테고, 그 반대인 경우에는 부끄러운 노역으로 여길 터이다.

자긍심과 부끄러움 사이에서 나는 '4대강 살리기 사업'과 관련해서 작용하는 언어 규칙에 대해 생각했다(이명박 정부에서 벌어지는 여러 정책에 적용해도 무방하다). 왜 저들은 굳이 '살리기'라고 표현해놓은 것일까. 기실 언어의 오남용으로 잘못된 정책을 호도했던 선례가 있으니 이를 참조하는 것이 좋겠다.

과거 제2차 세계대전 당시 나치는 유대인들을 죽음으로 몰아넣

으며 '안락사 제공'이라는 표현을 썼다. 단지 표현만 바꾸었을 뿐인
데도 효과는 대단했다. 자신이 저지르고 있는 살상이 그들의 오랜
상식과 동일하지 않다는 인식을 만들어낼 수 있었기 때문이다. 아
렌트는 이러한 책략이 만들어낸 인식의 전도를 다음과 같이 지적
했다.

"내가 사람들에게 얼마나 끔찍한 일을 하고 있는가,라고 말하는
대신, 나의 의무를 이행하는 가운데 내가 얼마나 끔찍한 일을 목격
해야만 하는가, 내 어깨에 놓인 임무가 얼마나 막중한가,라고 살인
자들은 말할 수 있게 되었다."[37]

'4대강 살리기 사업'도 마찬가지 관점에서 얘기할 수 있다. 정부
가 만들어내는 언어 규칙에 갇히면 착시 현상에 빠져들게 된다. 인
식의 전도가 일어난다는 것이다. 내 경우 여주의 공사 현장과 상주
의 공사 현장을 둘러보았는데, 처참한 마음이 절로 들었다. 비단 나
뿐만이 아니라 누구라도 그러할 것이다. 공중파에서 이 살풍경한
광경을 제대로 다루지 않는 이유도 여기에 있으리라 싶다.

그렇지만 '4대강 살리기 사업'이라는 언어 규칙에 갇힌 사람이라
면, 4대강을 파괴와 죽음으로 이끌면서도 기꺼이 자긍심을 가질 수
있으리라. 어쩌면 상황이 참혹하면 참혹한 만큼 그 자긍심이 더욱
커질지도 모를 일이다. "나의 의무를 이행하는 가운데 내가 얼마나

---

37) 한나 아렌트, 『예루살렘의 아이히만』, 한길사, 2006.

끔찍한 일을 목격해야만 하는가. 내 어깨에 놓인 임무가 얼마나 막중한가." 그렇게 막중한 임무를 아무나 감당할 수 없으리라는 사실은 분명하다. 이러한 사명감 안에서 4대강뿐만이 아니라 인간의 의식도 함께 죽어간다.

'4대강 살리기 사업'의 영문명은 'Four Major Rivers Restoration'이다. 김정욱 교수(서울대 환경대학원)의 강연을 들으니 여기에는 심각한 왜곡이 개입해 있단다. 인공적으로 변질된 하천을 자연의 상태로 복원하려는 노력이 'Rivers Restoration'인데, '4대강 살리기 사업'은 자연 상태의 하천을 인공 상태로 뒤바꾸려는 시도이므로 정반대의 명명이라는 것이다. 이쯤 되면 이명박 정부에서 만들어내는 죽음의 언어 규칙은 가히 세계적이라고 할 수 있겠다. 과연 이러한 무모한 시도가 성공할 수 있을까. 해답은 우리들 각자에게 달려 있다.

루쉰(魯迅)과
요즘 한국 정치

루쉰의 「아Q정전」,
임현치의 『노신 평전』

386세대 정치인들—인생이 한순간 누추해지는 것은

"인생에서 가장 고통스러운 것은 꿈에서 깨어났는데 갈 길이 없
다는 것이다."

임현치의 『노신 평전』(실천문학사, 2006)에서 발견한 구절이다. 나
는 이 문장에 밑줄을 그었다. 루쉰의 지적에 깊이 공감했을 뿐만 아
니라, 이 문장을 통하여 역사의 어떤 패턴이 막연하게나마 느껴졌
던 것이다.

90년대 중반 이후 2000년대 초반까지 한국 문단의 젊은 작가들
은 죽음으로 경사하는 의식을 두드러지게 보였다. 나는 그 까닭을

사회학의 관점에서 설명해왔다. 그들을 이해하기 위해서는 먼저 전사(前史)를 파악해야 한다고 보았기 때문이다. 타락한 사회를 인식하고 줄기차게 저항하였으나 결국 참혹한 좌절감만을 끌어안게 된 그들의 기억을 전제해야 한다는 것이다.

그런 점에서 보자면, 1991년의 분신 정국은 하나의 상징적인 사건이라 할 수 있다. 당시 제 몸에 스스로 시너를 쏟아붓고 불을 붙여 분신하는 젊은이들이 줄을 이었다. 모든 것을 내걸고 극단적인 대결을 펼쳤던 셈이다. 그렇지만, 그들의 꿈은 타락한 사회의 견고한 장벽에 부딪쳐 그저 맥없이 추락하고 말았다. 그들 세대의 비극은 여기서부터 발생하기 시작했다.

어른이 된다는 것은 노동을 통해 사회의 일원이 된다는 것. 어른이란 '계절'의 변화에 따라 수행해야 하는 노동을 할 수 있는 존재, '철'이 든 존재가 아니던가. 허나, 이 세계는 견고하면서 동시에 지저분하기 이를 데 없는 질서로 작동된다. 그들 젊은 세대는 잘 알고 있었다.

그러니 사회로의 편입을 거부하는 의식이 그들 사이에 팽배한 것은 당연했다. 사회의 바깥에는 오로지 죽음만이 펼쳐져 있기에 사회 바깥을 꿈꾸는 젊은 작가들이 자신들의 세계를 죽음 의식으로 덧칠하는 것 또한 당연한 현상이었다.

아마 1920년대 전반의 이탈리아 분위기도 이와 비슷했을 것이다. 그람시가 다음과 같은 말을 남겨둔 것을 보면 알 수 있다. "낡은 것은 멸해가는데 새로운 것이 오지 않을 때 위기가 온다." 그래서 나는 작품 분석에서 이 문장을 몇 번 인용하기도 했다. 그리고 지금 "인생에서 가장 고통스러운 것은 꿈에서 깨어났는데 갈 길이 없다는 것이다"라는 루쉰의 발언 역시 이 위에 그대로 겹쳐놓을 수 있으리라 생각한다. 역사의 어떤 패턴이란 이를 가리킨다.

이런 상황 속에서도 1980년대의 성과를 배타적으로 독점하려는 이들이 있었다. 그리고 그들은 이를 발판으로 자신들의 입지를 굳히고자 했다. 스스로를 '386세대'라 지칭하는 정치인들이었다. '386 세대'라는 단어에는 어떠한 정치적 지향도 들어 있지 않다.

'긴(급)조(치)세대'라는 단어와 비교해보라. '386세대'는 시대와의 길항이 거세된 앙상한 말장난일 뿐이다. 또한 80년대의 성과를 배타적으로 독점하려는 욕망이 그득하게 배어난다. 그래, 군사정권과의 투쟁을 당시 대학교에 다녔던 사람들만 전개했었나. 왜 그들은 스스로를 특화시켜야만 했던가.

386세대임을 자처한 정치인들은 '새로운 것'(그람시)이랄까 '새 길'(루쉰) 등을 모색한 바 없다. 나는 지금도 기억하고 있다. 김대중 대통령 앞에서 넙죽 절을 하던 그들 중 한 명을. 이러한 풍경 또한 하나의 상징이라 이를 만하다. 노골적인 충성 경쟁과 줄서기가 그들의 생존 전략이며, 생존 전술이라는 말이다. 자, 그들은 지금 무얼 하고 있는가.

미국의 이라크 파병 요구에 그들은 적극적으로 반대하지 못하였다. 대학 시절 "이 땅 모든 악의 근원은 미국입니다"라고 주장했던 그들이 아니었던가. 지금 평택에서 민간인을 상대로 군사작전이 펼쳐지고 있다. 평택을 동북아 지역 군사 개입(침략)의 전초기지로 삼으려는 미국의 전략 실현을 위해 대한민국 정부가 벌이는 노력이다.

386 정치인들은 침묵을 통해 이런 현실에 동조하고 있다. 이맘때쯤 농활을 가면서 '농민가'를 부르던 그들이 아니었던가. 대동제 때면 마이크 잡고 풍악 소리에 맞춰 "땅도, 땅도 내 땅이다, 조선 땅도 내 땅이다"라고 목소리 높이던 그들이 아니었던가.

"인생에서 가장 고통스러운 것은 꿈에서 깨어났는데 갈 길이 없다는 것이다."

나는 루쉰의 이 문장을 다음과 같이 이어받는다.

"자신이 가고자 했던 길을 배반하여 아무도 못 가도록 군홧발로 짓밟아버릴 때, 인생은 한순간에 누추해지고 만다."

우리 시대의 '아Q'를 어찌할 것인가(上) : '노빠' 이해의 방식

「아Q정전」은 루쉰의 경험을 바탕으로 쓰였다. 예컨대 「아Q정전」에 나타나는 혁명당에 대한 비판 의식은 1911년의 경험과 이어져 있다. 1911년 원로 혁명가 왕진파(王金髮)는 드디어 혁명에 성공하였다. 그는 루쉰을 산후이초급사범학당(山會初級師範學堂) 책임자로 위임하기도 하였다. 그렇지만, 왕진파가 내세웠던 혁명의 항목들은 별로 실행된 게 없었다. 『노신 평전』에는 다음과 같이 기술되어 있다.

입성 이후 얼마 지나지 않아 왕금발은 수많은 신흥귀족들과 한가한 인사들에게 둘러싸여 대도독의 위세를 드러내면서 친신들을 구성하고 사치스런 생활에 빠지는 등 일락에 젖어들었다. 노신은 당의 이런 상황을 '아문에 있는 인물들은 처음에는 포의(布衣) 차림으로 들어와서는 열흘이 못 되어 날이 그다지 춥지 않은데도 전부 장포(長袍)로 갈아입었다'라는 말로 비아냥거렸다.

입으로만 요란하게 혁명을, 개혁을 떠드는 이들이야 역사에 흔히 나타난다. 그런데, 비극적이긴 하지만 흥미로운 사실은, 이러한 세력을 좇아 무조건 긍정하고 나서는 사람들이 존재한다는 점이다. 일반적인 관점으로는 이들의 정서를 이해하기가 어렵다. 인터넷에서 활약하는 이른바 '노빠'들은 이에 적절한 예라고 할 수 있다. 일단 노빠의 일반적 특징 세 가지를 살펴보자.

첫째, 노빠들은 이 땅의 민주주의가 자신들만의 희생으로 진척되었다고 생각한다. 대통령을 비판하면 다음과 같은 반응이 즉각 튀어나온다. "세상 좋아졌다. 옛날 같으면 너희 같은 놈들은 당장 구속됐어. 세상이 좋아지니까 겁을 상실하고 까불고 있어."

글쎄, 참혹한 세상을 이 정도로나마 바꾸는 노력을 그들만 했던가. 의문이 들기는 하지만, '386 정치인'들을 보면 이해 못 할 바도 아니다. 민주주의 성과에 대한 배타적 독점 욕망은 그들의 속성으로 파악되기 때문이다.

그리고 터무니없는 구속만 피할 수 있다고 민주주의가 정착된 것은 아니다. 이게 민주주의를 가늠하는 절대 척도는 아닌 까닭이다. 노동자가 분신했을 때 노무현 대통령의 반응은 이러했다. "분신으로 투쟁하는 시대는 지났다." 이것을 보면, 대통령의 의식 구조와 노빠들의 의식 구조는 거의 일치하는 듯싶다.

둘째, 노빠들은 대통령의 심중을 헤아리고 포용하는 데 천부적인 재능을 보여준다. 완전히 독심술 수준이다. "복잡한 상황에 대해 치열하게 고민한 결과다. 대통령의 고뇌에 찬 결단을 제대로 좀 이해해라." 이에 대해 노무현 대통령은 스스로를 '고독한 지도자'라고 강조하는 방식으로 화답한다. 이러한 교감이 반복되면서 독심술과 고독은 점점 증폭되는 양상으로 전개된다.

물론 노빠의 독심술 능력은 대단하다고 평가할 수 있다. 아무나 가질 수 없는 능력이기 때문이다. 그렇지만 그것만으로는 문제가 해결되지 않는다. 아무리 고독한 고민 끝에 내린 결단이었다고 하더라도 그 결단이 옳다고 말할 수는 없다. 따라서 그럴 수밖에 없는 이유를 분명하게 밝혀야만 한다. 나도 모르고 당신도 모르는 그 무엇을 제시해야 한다는 말이다. 뿐만 아니라 논의를 이끌어내는 과정이 잘못되었다. "대통령이 결정했으니까 이해한다"가 아니라, "나는 이렇게 판단했으니까 대통령을 지지한다"는 식으로 바뀌어야 된다는 말이다.

셋째, 노빠들은 거대한 적을 설정하여 스스로 합리화하는 경향을 드러낸다. 그래서 "이회창이 집권했으면 분명히 상황은 더 좋지 않았을 것이다"라는 말을 쉽게 한다. 이러한 연장에서 자신들을 지지하지 않으면 "한나라당 2중대"라거나 "딴빠"(한나라당 지지자) 등으로 매도하는 습성도 드러낸다.

이에 따라 그들은 언제나 민주 세력이 선택해야 하는 단 하나의 대상만을 설정하게 된다. 물론 그 대상은 노무현 대통령이다. '안티 조선'을 내세우기도 하지만, 대통령이 『조선일보』와 밀착하는 부분에 대해서는 눈감아버린다. 이 순간 『조선일보』는 동지이기 때문이다.

부등식을 들고 세상을 바라보면 세상은 눈에 명쾌하게 들어온다. 그렇지만, 그 단순함 속에는 왜곡이 개입하게 마련이다. 미군의 평택 이전 과정을 보라. 우리 정부는 상당히 굴욕적인 자세로 미군이 원하는 것을 다 들어주었다. 그렇다면 이회창이 집권했을 경우 "그것 가지고 되겠습니까, 이것마저 가져가세요"라고 덤까지 바쳤으리라 전제해야 하는데, 글쎄, 과연 누가 여기에 동의할 수 있을까. 그리고 정부는 그 내용을 꽁꽁 숨겨왔다. 이회창이 집권했을 경우 '뻔뻔하게' 그 내막을 국민들에게 들이대었을 수도 있다.

하지만, 나로서는 현 정권의 선택이 더 낫다고 판단하기 어렵다. 과정과 내용을 숨겨왔으니 대추리나 도두리의 주민들과 제대로 대화하고, 설득하고, 합의하는 과정은 생략될 수밖에 없었다. 그 결과 군 병력을 투입하기에 이르지 않았나.

물론 노무현 대통령 또한 할 말이 있을 게다. "난 몰랐다. 세상에 대통령도 모르는 일이 어떻게 진행될 수 있는가." 정부의 어떤 계획이 시중에 회자될 즈음 대통령은 그러한 식으로 사실을 여러 번 부정하였다. 베드로가 예수를 부인한 수보다 많을 것이다. 그렇지만, 시중에 떠돌던 얘기들은 실제로 거행되었다. 나는 여기에 대한 대통령의 해명을 들은 적이 없다. 그렇기 때문에 노빠들은 '거대한 적'이라는 수렁에 빠져 스스로를 긍정하기에 바쁜 것 아닐까. 한나라당이 아무리 개판을 쳐도 열린우리당이 지지율을 따라잡지 못하는 까닭은 여기서부터 찾아나가야 할 것이다.

우리 시대의 '아Q'를 어찌할 것인가(下) : '아Q'와 '노빠'의 상동성

노빠의 기본적인 정서를 이렇게 살펴보면, 루쉰의 「아Q정전」을 파악하기는 한결 용이해진다. "우리 시대의 아Q"라고 말할 수 있을 정도로 노빠와 아Q는 많이 닮아 있기 때문이다. 다시 말해서, 일견 비참하고 우습게만 제시되는 아Q의 의식과 행동이 나름의 설득력을 확보하고 생동감을 형성하는 과정을 이해할 수 있다는 것이다.

「아Q정전」에서 루쉰은 "나는 아Q의 성명을 어떻게 쓰는지도 모른다"라고 명시하였다. 이름을 찾기 위한 노력을 백방으로 쏟았지만, 어떻게 해도 'Q'의 정확한 이름을 찾을 수가 없었던 것이다. 그래서 결국 아Q는 자신의 이름이 지워진 채 소설의 주인공으로 등장하게 되었다.

"그래도 스스로 위안으로 삼을 수 있는 것은 아Q의 '아(阿)' 한 글자만은 매우 정확하다는 점이다. 억지로 주워 붙였다거나 빌려

쓴 것과 같은 약점이 전혀 없으므로 고금 역사에 통달한 학자들 앞에서도 거리낄 것이 없다."(25쪽)

아Q의 '아(阿)' 자처럼 노빠의 '노(盧)'자 한 글자만은 매우 정확하다. 그렇지만, 아Q의 'Q'가 불분명한 것과 마찬가지로 '빠'는 하나의 경향을 가리킬 뿐 정확한 이름이 아니다. 그도 그럴 것이 '빠'는 주체의 자리를 노무현 대통령에게 내어주면서 비로소 차지하게 되는 이름인 까닭이다. 앞에서 열거했던 노빠의 특징들을 떠올려보라. 그들은 "나는 이렇게 판단했으니까 대통령을 지지한다"의 방식으로 사건을 이해하지 않는다. "대통령이 결정했으니까 이해한다"라는 상황 판단이 그들의 사고 구조이다. 이라크 파병과 같은 결정을 내렸어도 노무현 대통령이 하면 이해할 수 있다는 인식은 그래서 가능해지는 것이다. 민간인에게 군형법을 적용하여 처벌하겠다는 정부의 방침에 동조할 수 있는 것도 같은 맥락에서이다.

작품 말미에는 혁명에 연관되었다는 혐의로 인해 아Q가 '옷자락이 긴 사내' 앞에 서게 되는 장면이 제시되어 있다. 루쉰이 강연에서 언급했던 '장포(長袍)로 갈아입은 인물들'을 떠올린다면 '옷자락이 긴 사내'가 어떤 성격의 인물인지 가늠하게 된다. 바로 혁명의 깃발을 들고 나섰던, 지금은 입으로만 혁명을 떠들어대는 세력의 상징인 것이다.

옷자락이 긴 사내가 아Q에게 멸시하듯 말한다. 도저히 일어설 수 없는 아Q는 그 앞에 꿇어앉은 모양새다. "노예근성을 타고난 놈 같으니…."

과거 노무현 대통령 탄핵에 반대하여 촛불을 들고 광화문으로 몰려들었던 사람들이 있었다. 그런데, 지금 노무현 대통령과 대척점에 서서 바로 그 사람들이 다시 촛불을 들고 광화문으로 모여들고 있는 상황이다. 그러니까 내 말은 이렇게 모여드는 사람들을 노무현 정권이 탄압하는 상황과 일치한다는 것이다. 실제로 대추리에 다녀간다는 이유로 귀가하던 많은 사람들이 무차별 연행을 당하지 않았는가. 아Q가 이런 상황에 처하게 된 것은 더 이상 '정신승리법'이 통용되지 않는 상황에 직면했기 때문이다. '정신승리법'이란 것은 결함을 은폐하고 명백한 사실을 부정하는 아Q의 대응 방식을 가리킨다.

(아Q는—인용자) 예컨대 이마에 가득 부스럼 자국이 있으면서도 '부스럼[癩]'이란 말을 꺼리고 심지어 이 글자와 음이 같은 '뢰(賴)' 자를 전부 생략하여 말하기도 했으며, 나중에는 머리가 빠진 것을 가리기 위해 대머리를 상징하는 '광(光)' 자와 '량(亮)' 자, 심지어 '등(燈)', '촉(燭)' 같은 글자도 전부 피했다. 또한 남에게 얻어맞고서도 '아이가 어른을 때린 것에 불과하다'라고 말하면서 여전히 모든 것을 인정하지 않으려는 태도를 보였다. 이처럼 일종의 자기기만의 태도로 실존을 대하다 보니 문제의 본질로 들어갈 수 없었고 영원히 문제의 외피에서 맴돌면서 일종의 가상공간에서 생활했다. 희극적 태도로 비극을 연출한 것이었다.

—『노신 평전』, 125~126쪽.

이 땅의 민주주의를 마치 저희만 나서서 이룩한 것처럼 생각하는 것은 커다란 착각이다. 정치인 노무현이 대통령으로 선출되었다고 하여 세상이 바뀌었다고 전제하는 것도 심각한 오류이다. 거대한 적을 세워두고 자신들의 잘못과 무능을 합리화하고 오히려 자찬하는 태도 또한 아Q의 '정신승리법'과 비슷하다.

노빠의 '정신승리법'이 유지되는 한 대통령의 지지율은 올라가기 힘들 것이다. '정신승리법'으로 만들어지던 아Q의 환상세계가 실세계와 단절되었던 것과 마찬가지 이유이다. 성찰 없는 자기정당화가 현실과 쉽게 공존할 수 있겠는가.

그럼에도 불구하고 노무현 대통령의 지지도가 조금이라도 상승한다면 과연 누가 박수 치고 있는가를 되돌아볼 필요가 있다. 강남의 땅 부자들이 보내는 갈채가 아닌지, 『조선일보』로 상징되는 극우 보수 세력의 지원이 아닌지, 미국만 쳐다보는 노란 가면을 쓴 하얀 영혼의 환호가 아닌지, 비정규직 양산에 만세 부르는 이들의 찬가가 아닌지. 아마 그 정도만 된다면 노빠들은 노무현 대통령 앞에 무릎 꿇은 자신의 꿈을, 열망을 발견할 수 있을 것이다. 인정하기 어렵겠지만 그러한 자각은 빠를수록 좋다.

루쉰은 아Q의 이름 추적이 실패하고 나서 이런 말을 남겨 두었다.

"나는 그저 '역사 연구와 고증에 기호가 있는' 호적지(胡適之) 선생의 제자들이 새로운 단서를 많이 찾아낼 수도 있으리라는 기대를 걸고 있을 따름이다. 그러면서도 내 이 「아Q정전」이 그때에 가면 없어질지 모른다는 생각도 없지 않다."

아Q가 제 이름을 찾는 날 「아Q정전」의 존재 의미가 사라질 것이라는 내용이다. 마찬가지다. '노빠'라는 이름 아래 스스로의 존재를 지워버린 이들은 제 이름을 찾아 나설 필요가 있다. 내가 쓰는 이런 글이 무용해지기를 바라는 까닭은 거기에 있다.

노무현 정부 어디부터 일이 꼬인 것일까

어떤 사회에서 지도자는 사람이 아닌 추상적인 이상이 될 수도 있다. 특히 그 사회가 심각한 위기에 직면하였을 때 이런 현상이 종종 발견된다. 제2차 세계대전이 진행되는 과정에 나타났던 독일 국민들의 히틀러 숭배가 대표적인 예이다. 김일성 주석이나 박정희 전 대통령도 비슷한 맥락에서 파악된다. 사실 파시즘의 징조는 여기서 찾을 수 있다.

어째서 이런 일이 나타나는가. 인간이란 존재가 원체 나약하기 때문이다. 보호를 필요로 하는 어린아이는 부모와 동일시하면서 기준과 가치를 체득해나간다. 위기에 빠진 사람들 또한 마찬가지 (무)의식을 보여준다. 그들은 지도자에 대한 과잉 집중(hypercathexis)을 통해 스스로의 자아를 지우고 이상화된 대상(자아 이상, ego ideal) 속으로 빠져든다. 동일화가 일어난다는 것이다.

동일화 속에서 나타나는 현상은 분명하다. 지도자와 동일시하는 사람들은 지도자에게 자발적인 복종을 바친다. 지도자의 결단에 대해 무조건적인 지지를 보내며, 비판 의식이 결여되고 견제를 용납하지 않는다. 아니, 못 한다. 그래서 프로이트는 이를 퇴행으로 간주했다. 그는 『집단심리학』에서 다음과 같이 설명한 바 있다. "이러한 종류의 원초 집단은 그들의 자아 이상이 놓일 자리에 동일한 하나의 대상을 두고 있고, 결론적으로 그들의 자아 속에서 서로를 동일시하는 수많은 개인들로 구성되어 있다."

앞에서 나는 대통령에 대한 노빠들의 독심술을 언급하였다. 심리학에서는 이를 '암시 감응성'(suggestibility)이란 단어로 표현한다. 그리고 거대한 적을 설정하는 경향을 지적하였다. 이는 전염성(contagion)이 통용되는 최면적 질서(hypnotic order)가 가지는 배타성에서 말미암는다. 또한 민주주의에 대한 배타적 독점 욕망도 살펴보았다. 이는 '3김 정치' 이후 한국 정치가 유포하고 있던 위기 상황과 연관되어 있다. 이를 이해하기 위해서는 '정치인 노무현'을 이야기해야 한다.

지난 대선 기간 노무현 후보의 출현과 진출은 한 편의 드라마와도 같았다. 노무현 후보는 다음 네 가지 면에서 한국 정치의 희망처럼 떠올랐다. 그리고 이를 통해 자신에 대한 확고한 결집을 이끌어 내었다.

첫째, 그는 민주화의 영상과 겹쳐 있다. 청문회 때 맹렬하게 분노하여 명패를 움켜쥐던 모습이 국민들에게 반민주 세력에 대한 열정적인 저항으로 기억되는 것이다. 그런 점에서 정치인 노무현은 87년 6월항쟁의 기억을 자극하는 바 있었다.

둘째, 그의 최종 학력은 고등학교 졸업이다. 한국의 불평등을 심화시키고 박탈감을 조장하는 커다란 요인 가운데 하나가 학연인데, 이로써 그는 이 땅의 구조적 모순과 맞서는 자리로 나서게 되었다.

셋째, 호남 지역에서의 지지를 동력으로 삼았으니 지역 차별과 공존하기가 어려웠다. 대통령 후보 경선 당시 광주에서의 지지를 기억해보라. 여러 가지 정치적 요인이 있었지만, 부산 진출을 시도하다가 번번이 좌절한 이력도 여기에 큰 역할을 했다.

넷째, 애초 정치권 내에서 그의 기반은 취약하였다. 국민들의 직접적인 지지를 받으며 대통령으로 선출되었던 과정은 아직도 눈에 선하다. 같은 정치인임에도 불구하고 그가 부패한 정치권에 칼을 들이댈 수 있으리라는 기대는 여기서 싹트게 된다.

자, 어떤 사람들이 이러한 노무현 후보의 상징에 열광하였겠는가. 어느 정도 정치적으로 각성이 되었고, 낡은 질서를 뛰어넘어야 한다고 판단한 이들이다. 지역 차별, 정치권의 부패한 풍토, 학벌 체계의 폐쇄성 등을 심각하게 생각하는 이들이 적극적인 노무현 지지자로 나섰다. 생각해보라. 타락한 현실을 눈뜨고 직시했던 사람일수록 고통이 크고, 위기감은 넘쳐나지 않았겠는가.

이즈음에서 루쉰의 말을 다시 인용한다. "인생에서 가장 고통스러운 것은 꿈에서 깨어났는데 갈 길이 없다는 것이다." 그리고 그람시의 언급도 그 위에 포개어놓는다. "낡은 것은 멸해가는데 새로운 것이 오지 않을 때 위기가 발생한다." 맹목적이기는 하지만, 고통과 위기의식에서 출발했다는 점에서 노빠는 '레드 콤플렉스'에 빠진 부류와 크게 다르다.

그런데, 어디서부터 일이 꼬인 것일까. 내가 보건대, 노무현 후보가 대통령으로 당선되고 난 직후부터이다. 대통령으로 선출됨으로써 그는 한 편의 신화를 완성하였다. 그는 부패한 기득권에 맞서면서 승리를 거머쥐었다. 그러한 과정의 극적인 전개는 영웅담의 기본적인 구조와 유사하다. 영웅적인 서사가 현실 위에 구축되는 양상이니 감동은 극에 달했다.

하지만, 민주주의는 신화를 거부하는 데 존재근거가 있다. 그리고 현실의 권력은 부패하게 마련이다. 그렇기 때문에 '노무현 대통령'에게서 영웅의 이미지를 요구하는 것은 위험천만한 일일 수밖에 없었다. 이때부터 권력은 인격화되기 시작하였고, 인격화된 권력 '노무현 대통령'은 '참여정부'를 표방했음에도 불구하고 국민과의 대화를 거부하고 독불장군으로 나서게 되었다.

거부하지 못한 신화와 나르시스의 깨진 거울

이렇게 전개된 최근의 정치 현실은 먼저 한국 사회에 불행이다. 그리고 대통령 자신에게도 불행한 일이다. 어느 순간 홀로 남겨진 스스로를 발견하게 될 때, 자신의 곁을 떠나는 이들을 확인하게 될 때, 그가 느낀 고독은 걷잡을 수 없을 터이기 때문이다. 이 순간 영웅의 나르시시즘은 깨져버린다.

"그는 자신 이외의 어떤 사람에 대해서도 감정적인 애착을 가지고 있지 않다. 바로 이러한 자기 사랑의 나르시시즘적인 자질이 지도자를 만드는 것이다."

이제 이 글을 마치며 두 가지만 확인하도록 한다. 한 가지는 인간이란 나약한 존재이지만 그렇다고 해서 자신의 희망을 다른 사람에게 투사하여 이룩하려고 해서는 안 된다는 것이다. 매 순간 우리는 스스로 판단하고 책임져야 한다. 이제 영웅의 시대는 끝났다. 그리고 우리는 끝까지 이성의 몫을 포기해서는 안 된다. 이성이 잠들면 괴물이 나타나기 때문이다.(고야, 「로스 카프리초스」 연작 제43번 참조)

다음은 권력을 파악하는 데 여유를 가지자는 것이다. 『사기(史記)』「육가열전(陸賈列傳)」을 보면 이런 말이 나온다. "말을 타고 천하를 얻을 수는 있어도 말을 타고 천하를 다스릴 수는 없는 법이다." 선거는 이기기 위해서 하는 것이지만, 권력의 운영은 이기는 것만으로는 안 된다는 말이다. 그러니 그 결절 지점에 대한 명확한 이해가 동반되어야만 한다. '바보 노무현'에서는 이러한 내용이 간과되었다.

그러니 정녕 민주주의를 원하는 이들이라면 바로 이 자리에서부터 새롭게 시작할 필요가 있다.

자유무역협정(FTA) 시대에
김동리의 「산화」를 읽는 이유

———

김동리의 「산화(山火)」

"이러다 산불 나는 거 아닐까, 난리가 나면 어떡하나."

오랜만에 『김동리 전집 1—무녀도/황토기』(민음사, 1995)을 손에 잡았다. 「산화(山火)」를 다시 읽기 위해서다. 「산화」는 1936년 『동아일보』 신춘문예 소설 부문 당선 작품이다. 「산화」는 일반적으로 알려진 김동리의 소설 경향에서 크게 벗어난다.

김동리는 흔히 보수주의자로 평가된다. '순수문학'(본격문학)이란 용어를 문단에 정착시켜 한국문학의 탈사회화, 탈정치화를 주도하였으니 그럴 만도 하다. 1978년 임헌영, 구중서, 염무웅을 상대로 벌였던 '사회주의적 사실주의 논쟁'은 그러한 이미지를 굳히는 데 결정적으로 작용했을 것이다. 생각해보라. 1978년이라면 긴급조치

9호가 서슬 퍼렇게 작동하던 시대였는데, 당대의 민중문학론자들에게 '사회주의자'라는 빨간 색깔을 덧칠하는 양상이 아니었겠는가.

하지만, 김동리가 처음부터 순수문학론자였던 것은 아니다. 나는 그가 1947년 무렵부터 그러한 길을 걷기 시작했다고 판단한다. 서양의 르네상스에 필적할 만한 새로운 르네상스의 모색이 좌절하면서 문학을 신비화하기 시작했다는 것이다. 순수문학론자로 변모하기 이전의 김동리는 현실에 뿌리를 내리고 있었다. 「산화」는 김동리가 현실주의자의 입장에서 써 내려간 작품이다.

뒷골의 주민 대부분은 '윤 참봉'에게 빚을 지고 있다. 윤 참봉은 뒷골 부근의 토지 대부분을 소유하였으며, 뒷골 유일의 금융기관으로서 장리 벼를 주고 현금을 대부하였다. 이를 매개로 하여 그가 벌이는 착취와 행패는 보통이 아니다.

어느 날 윤 참봉이 기르던 황소가 병을 앓다 죽어버린다. 출장 나온 감독원이 보는 앞에서 소의 사체는 소 공동묘지에 묻혔다. 그렇지만, 황소가 아까운 윤 참봉은 하인을 시켜 소의 사체를 도로 파내온다. 그리고 자신의 환갑 기념이라며 마을 사람들에게 헐값으로 팔아넘긴다. 얼마 후 쇠고기를 먹은 대부분의 사람들은 육독(肉毒)이 들었으며, 죽는 사람도 늘어갔다. 이즈음 홍하산에서는 원인 모를 산화가 난다.

"홍하산에 산화가 나면 난리가 난다지요?"

하고 물었다.

"난리가 안 나면 큰병이 온다지?"

(…)

불 소리, 바람 소리와 함께 마을 사람들의 아우성 소리는 한곳으로 한 곳으로 모여들었다. 그리하여 그들은 모두 바라보았다. 바로 뒷산의 불 소리, 바람 소리 그리고 골목의 비명 소리도 잠깐 잊은 듯 그들은 멍멍 히 서서 먼 산의 큰불을 바라보고 있었다.

　나름대로 「산화」의 줄거리를 요약해봤는데, 아무래도 원작의 완 성도를 크게 해친 것 같다. '난리가 안 나서 큰병이 왔다'는, 그래서 이제 난리가 일어나리라는 주제 의식만 부각시킨 꼴이기 때문이다. 하기야 소설의 줄거리 요약이란 원래 그런 법. 그래서 「산화」의 의 의에 대한 염무웅의 평가를 곁들이기로 한다. 「김동리 문학의 현실 감각」(『東里文學硏究』, 서라벌예술대학, 1973)이라는 평론의 한 대목이다.

　1930년대의 중엽에 발표된 이 작품이 동년대에 가질 수 있는 의미는 가히 민족적 현실의 예술의 축도(縮圖)라고 찬양되어도 지나치지 않을 것이다. 작가 자신이 이 작품에서 의도한 주관적 목표는 어디에 있든지 간에, 일제의 식량 보급기지, 병참기지로 전락해가던 식민지 한국의 당 시에 있어서 그것은 이상(李箱)의 모더니즘과 소위 프로문학의 공식주 의가 다 같이 이루지 못했던 하나의 종합적 결실이었다.

　몇 번을 읽어봐도 「산화」는 완성도 높은 소설이다. 하지만 무척 불행한 시대에 「산화」와 같은 작품이 창작된다는 사실은 의심의 여지가 없다. 오로지 돈 벌기 위한 목적으로 목숨을 위협하는 상한 쇠고기를 팔고, 가난에 쪼들린 이들이 그 고기를 먹고 죽어가는 상황, 참혹하지 않은가. 물론 그보다 먼저 극히 일부의 사람이 모든 것들을 소유해버리는 현실이 문제가 되어야 하겠지만 말이다. 나는 우리 사회에서 이러한 일이 벌어지지 않기를 원한다. 그래서 오랜만에 「산화」를 읽어 내려갔던 것이다.

전문가들은 미국으로부터 수입하려는 쇠고기의 안정성이 불확실하다고 지적한다. 광우병 걸린 소의 고기일 수도 있다는 말이다. 그렇지만, 수입을 추진하는 정부는 설득력 있는 대답을 내놓지 못하고 있다. 이러다 산불이 나는 게 아닐까. 난리가 나면 어떡하나. 큰 병이 돌면 어떡하나. 사람들이 하나둘 모여드는 것만 같다.

노무현 대통령은
시를 쓸 수 있을까

천상병의 「들국화」

엊그제 비가 내렸더니 오늘 꽃기운이 왕성하다. 어디에 눈길을
두어도 화려하기 이를 데 없다. 백화난만(百花爛漫)! 온갖 꽃이 피어
서 아름답게 흐무러지는 풍경이다. "봄기운이 사람의 마음을 태탕
(駘蕩)케 하더라"라는 『구운몽』의 문장이 절로 떠오른다.

그런데 언제부터인가 이즈음이 되면 괜히 슬퍼진다. 저 꽃들의
아름다움이 나의 슬픔을 자아내기 때문이다. 아니, 꽃의 아름다움
을 보면서 슬픔을 느끼다니. 스스로 물음표를 달아보지만, 슬픔은
매년 반복된다. 만발한 저 꽃들 속으로 들어갈 수 없는 나 자신을 직
감적으로 깨달으면서부터이다, 그런 류의 슬픔을 느꼈던 것은.

나는 저 약동하는 자연의 질서 바깥으로 추방되었다,라고 생각한

다. 그래서 나와 더불어 추방된 이를 찾아 시집을 뽑아 든다. 오늘은 천상병이다.

  산등성 외따른 데,
  애기 들국화.

  바람도 없는데
  괜히 몸을 뒤뉘인다.

  가을은
  다시 올 테지.

  다시 올까?
  나와 네 외로운 마음이,
  지금처럼
  순하게 겹친 이 순간이—

  — 천상병, 「들국화」 전문

  1970년 『창작과비평』 여름호에 발표된 「들국화」라는 시다. 시인은 산등성이 외딴곳에 피어 있는 조그마한 들국화를 보았나 보다. "외따른 데"(외딴), "애기"(조그마한)란 표현이 외로움과 애처로움을 느끼게 한다. 그래서 "애기 들국화"는 바람도 없는데 괜히 몸을 뒤치

락거리는 게 아닌가. 관심을 끌기 위해서 말이다. 물론, 당연한 말이지만, 외로움과 애처로움은 들국화를 보는 천상병의 감정일 따름이다. 하지만 그렇게 사소하지만 따뜻한 감정을 통해 그는 들국화 속으로 들어갈 수 있다.

이러한 공감이 과연 어느 정도나 오래 지속될 수 있을까. 여기서 자연의 시간과 인간의 시간은 충돌한다. 자연의 시간(계절)은 둥글게 원을 그리며 그 자리로 돌아온다. 그러니 다시 오는 가을에 들국화는 다시 또 필 것이다. 그렇지만 무정한 인간의 시간은 직선적이라서 앞으로만 나아간다. 그래서 시인은 "다시 올까?"라고 묻고 있다. "나와 네 외로운 마음이,/ 지금처럼/ 순하게 겹친 이 순간이―". 바로 이 대목에서 자연 바깥으로 추방당한 인간의 자리가 드러난다.

인간은 근대로 들어서면서 자연의 질서 바깥으로 추방되었다. 근대인의 선조들은 계절의 변화에 따라 노동할 때를 알았다. 어른이란 철(계절)이 든 존재로서 노동할 때(철)를 알고 거기에 맞춰 노동을 하지 않았던가. 그들은 자연과 하나였다.

그렇지만, 근대인들은 그렇게 둥근 시간을 과학의 힘으로 탕탕 두드려 펴서 직선적인 시간으로 만들었다. 그러고는 마침내 그 날카로운 직선의 힘으로 둥근 자연을 제압하려고 나서기도 한다. 자연 위에 군림하려는 오만한 인간의 형상이다.

지금 당장의 현실만 보더라도 분명하지 않은가. 우리 인간은 천성산에 터널을 뚫고, 새만금 갯벌을 막아버리려 하고 있다. 거기에 어떤 생명들이 어떻게 살고 있든지 무시한 채, 그 생명의 질서에 기대어 사는 이들의 바람은 철저히 배척한 채 공사는 강행되고 있다.

이 정도가 되면 우리는 이제 계절의 순환 속에서 슬픔조차 느끼지 못할 상태로 나아가는 중이라고 하겠다. 우리의 혈관에 따뜻한 피가 아닌 서늘한 기름이 흐를 날도 머지않았는지도 모른다.

2005년 9월 코스타리카로 날아가서 노무현 대통령은 파체코 대통령과 정상회담을 가졌다. 그 자리에서 "나도 퇴임 후 숲을 가꾸며 시를 쓰고 싶다"고 말했다고 한다. 글쎄, 숲을 가꾸는 일은 그렇다고 치더라도, 시는 과연 아무나 쓸 수 있는 것일까.

들국화 한 송이의 뒤척임을 통해 우주의 울림을 느낄 만한 감성이 없다고 하더라도, 최소한의 그런 마음가짐도 없이는 제대로 된 시를 쓸 수 없을 터이기에 하는 소리다. 노무현 정부의 환경정책을 보면 이런 판단을 지울 수 없다.

어찌 되었든 만화방창(萬化方暢)의 계절, 따뜻한 봄날에 온갖 물건이 나서 자라듯이 이 봄날의 따스함을 느끼고 지킬 수 있는 이들 또한 더불어 자라기를 기대해본다.

5부 ～～～～～～ **인문학 안의 사회,
사회 안의 인문학**

페미니즘과
시선의 권력

존 버거의 『이미지』

시선(視線) 처리는 권력의 문제이고, 존재 방식의 문제이다. 수컷 냄새 풀풀 풍기며 기선을 제압하려는 사내는 그래서 "뭘 꼬나봐, 눈깔아라"으르렁대며 상대를 위협한다. 폭력 현장에서처럼 명확하게 드러나지는 않지만, 우리가 살아가는 평온한 일상 속에서도 이와 같은 문제는 도처에 잠복해 있다. 남녀 관계라고 예외일 리 없다. 그런 까닭에 페미니즘 논란이 최근 시선 처리를 매개로 펼쳐지는 것은 충분히 수긍할 만하다. 시선 처리에 내재해 있는 남녀 간 권력 문제가 이제 수면 위로 부상한 경우에 해당한다는 것이다.

먼저 지난 2018년 2일 여성단체 '불꽃페미액션'이 전개했던 상반신 탈의 시위를 보자. 이들은 페이스북에 따져 물었다. 남성의 맨가슴 사진은 문제가 안 되는데, 여성의 맨가슴 사진은 왜 음란물로 분류, 삭제되어야 하느냐. 이러한 항의는 바라보는 주체의 문제로 귀착한다. 남성의 가슴과 달리 여성의 가슴이 음란한 것은 남성의 자리에서 바라보기 때문이다. 이때 여성은 바라봄의 대상(객체)으로 전락하여 '보어주다/보여주지 못하다' 판정을 기다릴 수밖에 없게 된다. 따라서 불꽃페미액션의 시위가 일부 남성들의 비난에 직면한 까닭은 안정적으로 작동하는 시선권력 체계에 교란을 일으켰기 때문이라고 할 수 있다.

"페미니스트 서울시장"을 표방하고 출마했던 신지예 후보는 선거 포스터로 인해 논란에 휘말렸다. 포스터는 반측면 얼굴과 도도한 시선, 자신감을 내비치는 다문 입술의 옅은 미소가 특징이었는데, 이는 도전적인 분위기를 연출하고 있다. 기실 수성하려는 후보가 안정감을 내세우는 반면, 공성 위치에 자리 잡은 후보는 진취성을 강조하는 것이 선거 전략의 상식이다. 그러니 신지예 후보의 포스터는 별 문제될 바가 없다. 그렇지만 그 도도한 시선이 페미니즘과 결합하는 순간, 이는 기존 시선권력 체계에 대한 도전으로 자리매김된다. 그래서 누군가는 포스터를 찢거나 뜯었으며, 또 누군가는 담뱃불로 눈 부위를 지져버리기까지 했다. 모 변호사가 "개시건방진" "더러운 사진"이라면서 "나도 찢어버리고 싶은 벽보"라고 분노했던 것도, 감정의 근원을 의식하였을지 모르겠으나, 지켜야 할 무언가에 대해 도전받는다는 느낌이 들었기 때문일 터이다.

아주 오랫동안 남성은 사회 활동에서 스스로의 존재를 드러내왔다. 정치라든가 경제 영역, 사회 조직 등에서 누군가에게 행사할 수 있는 힘의 여부가 남성의 존재감을 결정해왔다는 것이다. 문명에 입각한 제도가 구비되기 이전에는 육체 능력이 존재 증명의 지표였으리라. 그러한 까닭에 남성의 시선은 힘의 행사 여부가 결정되는 외부를 향하여 고착하게 되었다. 반면 여성은 제한된 공간 내에 머무르는 상태에서 남성의 보호를 받으며 자신의 존재를 형성해왔다. 남성의 시선을 경유하여 자기 스스로를 바라보는 방식으로 여성의 시선이 유지되어온 것은 그 때문이라 할 수 있다. 즉 여성은 자신이 타인, 특히 남성에게 어떻게 보이는가에 묶이면서 외부가 아닌 스스로를 주시하게 되었다는 것이다.

존 버거는 『이미지』(동문선, 1990)이러한 상황을 다음과 같이 설명하고 있다.

> 남성은 여성을 다루기 전에 우선 관찰한다. 결과적으로 그녀가 남성에게 어떻게 보이는가 하는 것은 그녀의 처우를 결정하는 것이다. 그리고 이러한 과정을 깨달은 여성은 비로소 그 순서를 스스로의 내부에 수용하게 된다. 관찰자로서의 여성은 피관찰자로서의 여성을 타인에게 평가받을 수 있도록 보여준다. 이와 같이 그녀 자신에 의한 그녀의 모범적인 행동은 그녀의 사회적 존재를 결정한다. (83~84쪽)

시선권력 관계는 이처럼 관찰자로서의 남성과 '모범적인' 여성의 공조를 통하여 그동안 커다란 불협화음 없이 유지되고 있었다.

그런데 상황이 바뀌었다. 남성 보호자를 필요로 하지 않는 '불온한' 여성들이 스스로의 주체성을 존중받고자 한다. 제한된 공간 바깥으로 뛰쳐나와 사회의 당당한 일원임을 주창하고 있는 것이다. 최근 벌어지고 있는 시선 처리 논란은 그로 인하여 벌어지는 사건이다. 물론 이는 사회적인 존재 방식에서 남녀 긴 권력 재분배를 함의하고 있으므로 지향을 불러일으키는 것이 당연하다. 역사는 언제나 기득권의 저항을 넘어서면서 발전해왔다.

혐오로 얼룩진 신조어와
뇌과학의 진단

리사 펠드먼 배럿의 『감정은 어떻게 만들어지는가?』[38]

  자고 일어났더니 벌레로 변해 있더라는 설정은 프란츠 카프카의
단편소설 「변신」의 도입부 내용이다. 지금 한국 사회를 살아가는 우
리들은 저마다 「변신」의 주인공인 그레고르 잠자가 되어버린 것일
까? 도처에 벌레가 득실대고 있으니 해보는 생각이다. 아이를 동반
한 엄마는 '맘충(Mom蟲)'이며, 한국 남성은 '한남충(韓男蟲)'이고, 뭔가
곰곰이 따져보려면 '진지충(眞摯蟲)'이 되고 만다. 학교 급식을 먹는
다는 이유로 10대 청소년에게는 '급식충(給食蟲)'이라는 딱지가 붙고,
늙기도 설워라커늘 노인이 되면 '틀딱충(틀니 딱딱거리는 蟲)'으로 내몰

---

38) 리사 펠드먼 배럿, 『감정은 어떻게 만들어지는가?』, 최호영 옮김, 생각연구소, 2017년.

리고 만다. 벌써 맘충, 한남충, 진지충, 급식충, 틀딱충을 줄줄 늘어
놨으니 이 순간 나는 영락없이 설명충(說明蟲)의 본색을 드러내고 만
셈이다.

어디 벌레만 문제겠는가. 벌레 신분을 겨우 면했어도 찐득찐득
들러붙는 모멸을 피하기가 또 만만치 않다. 스타벅스 커피를 마시
는 여성은 '된장녀'라는 틀에 갇히며, 데이트에서 더치페이를 요구
하는 남자는 '꽁치남'으로 전락한다. 운전이 미숙한 여성은 그나마
실수한 근거가 드러났으니 '김 여사'라는 비아냥에 감지덕지해야
하는 걸까. 하다 하다 요새는 서로에 대하여 폭력 행사가 필요하다
는 신조어까지 확산되고 있다. 여자는 3일에 한 번은 패야 한다고
하여 '삼일한'이란 말이 만들어졌고, 이에 대응하여 한국 남자는 숨
쉴 때마다 맞아야 한다고 해서 '숨쉴한'이란 용어가 출현한 것이다.
사정이 이러하니 도대체 누군들 이 촘촘하게 직조된 모멸적인 언사
의 그물로부터 도망칠 수 있겠는가.

혐오감에 근거하여 신조어를 만들어내고, 이를 널리 유통시키고
있는 이들은 참신하고 발랄한 자신들의 감각에 내심 뿌듯해하고 있
을지도 모르겠다. 그렇지만 그네들은 결국 그 참신하고 발랄한 감
각에 자신의 발목을 잡히고 말 터이다. 신조어를 즐기는 그네들은
벌레도 아니고, 짐승도 아닌, 인간이기 때문이다. 최근 뇌과학이 거
두고 있는 성과에 주목한다면 인간이 짐승과 다른 소이가 어느 정
도 알기 쉽게 해명되지 않을까 싶다.

최근까지 인간의 뇌 구조는 '삼위일체 뇌'에 입각하여 이해되어

왔다. 파충류 뇌, 변연계, 신피질로 나뉘어 있어서 이는 각각 욕구(배고픔이나 성욕 등), 감정, 이성(합리적 사고)을 담당한다는 것이었다. 짐승의 경우엔 뇌에 신피질 부위가 없는 까닭에 합리적 사고가 불가능하다는 설명이 가능했다. 하지만 이는 감정과 이성을 대립시킨 뒤, 이성의 우위를 주장하였던 서구 철학의 오랜 전통에 입각한 관찰 결과에 불과하다. 자, 뇌의 어느 영역에도 이미 입력된 감정 지문이 존재하지 않는다면, 도대체 '감정은 어떻게 만들어지는가?'

신생아는 '경험맹' 상태인 까닭에 감정에 관한 개념을 소유하고 있지 않다. 그렇지만 외부 자극에 대하여 나름의 반응을 보이면서 점차 경험을 쌓아나간다. 예컨대 화가 나면 소리칠 수도 있고, 침묵할 수도 있으며, 노려볼 수도 있고, 찡그릴 수도 있다. 이와 같은 여러 선택지 가운데 그는 자신의 의도를 가장 효율적으로 전달할 수 있는 방식을 선택한다. 즉 문화적으로 통용되는 방식을 습득한다는 것이다. 구체적이고 개별적인 체험은 바로 이러한 과정을 거치면서 보편 범주로 이월하게 된다. "분노 같은 감정 단어는 다양한 사례들로 이루어진 개체군을 가리키는 이름이며, 이런 단어들은 모두 주위 환경 속에서 행동을 가장 잘 인도하기 위해 구성된 것들이다." 언어를 사용하지 않는 짐승은 이런 과정을 거치지 않는다.

인간은, 구체적인 감정 사례가 아닌, 보편적이고 추상적인 감정 범주에 근거하여 타인의 상태와 의도를 읽어낸다. 또한 타인과 뒤섞였던 과거 경험의 안내를 받아 미래를 예측하기도 한다. 뇌과학에서는 예측을 신체 예산과 결부하여 설명하고 있다. 가령 "다른 운전자가 갑자기 끼어드는 바람에 혈압이 오르고, 손에 땀이 날 때, 그래서 당신이 급브레이크를 밟으면서 크게 소리치고 짜증을 느낄 때" 신체 예산이 조절된다. 즉 뇌는 사태 발생 이전 시뮬레이션에 따른 에너지의 사용처와 사용량을 계산해두었는데, 돌발적인 사건의 발생으로 인해 예산이 조절되었다는 것이다. 짜증이라는 감정은 이러한 순간 발생한다.

요즘 확산되고 있는 신조어들은 혐오에 근거하여 만들어진 까닭에 배타적인 감정 범주를 구성하게 된다. 이때 감정 범주에서 이미 배제된 이들의 감정은 추체험할 수 없게 된다. 서로 공감할 수 있는 여지가 사라지고 만다는 것이다. 이렇게 바깥으로 밀어내버린 영역에서 도저히 이해가 곤란한 유령이 출몰하기 시작한다. 유령과 맞닥뜨린 이들은 신체 예산의 급작스러운 조절에서 허우적대느라 스트레스에 시달릴 수밖에 없게 된다. 이것이 타인을 벌레로 만들기에 골몰하는 이들이 제 스스로 발목을 잡아채게 되는 과정이다.

전광훈 목사가 복원하려는
이승만의 개신교 국가 체제

강성호의 『한국기독교 흑역사』

자유한국당이 장외투쟁에 골몰하며 온갖 망언을 쏟아내는 동안 문득 하나의 물음이 생겨났다. 이승만 대통령이 쫓겨난 뒤 반혁명 세력은 어떠한 방편으로 생존을 도모해나갔을까. 물론 자유당에 빌 붙었던 이들이 4·19혁명 이듬해 벌어진 5·16군사쿠데타를 통하여 기사회생했다는 사실이야 전공 공부를 통해 어느 정도 알고 있다.

예컨대 자유당 부통령 후보 이기붕을 낯 뜨겁게 찬양했던 '만송족(晩松族)' 문인 박종화, 김동리, 조연현 등은 박정희 정권하에서 한국문인협회의 이사장을 여러 차례 역임하며 문단의 실권자로 군림하였다. 1947년, 이승만에게 『우남 이승만전』을 지어 바쳤던 서정주 또한 이사장 명단에서 빠졌을 리 없다. 한국문인협회는 군사정부가 공포한 포고령 제6호에 따라 1961년 12월 30일 결성된 문학인 단체이며, 이사장이었던 김동리, 조연현, 서정주가 박정희나 전두환 등의 군사정권과 유착했다는 사실은 널리 알려져 있다.

이들에게 5·16군사쿠데타가 어떤 의미로 다가섰는가는 조연현의 다음 문장을 통해 짐작할 수 있겠다.

> 5월 16일 새벽, 박정희 장군의 지휘로 한강을 넘어온 일군의 군대는 무능과 혼란 속에서 어디로 가고 있는지도 알 수 없는 위험한 우리의 조국과 현실 앞에 하나의 질서와 방향을 던져주는 신호가 되었다. 혁명의 성공으로 조국의 새로운 건설을 촉진하게 되었고, 혼란은 질서를, 분열은 통일을 가져왔다. (…) 혁명의 성공에 의한 이러한 새로운 현실적 조건은 다른 모든 분야에 있어서도 그러했던 것처럼 문단에도 새로운 질서를 가져오게 했다.
>
> ─『조연현 문학전집 1─내가 살아온 한국문단』(어문각, 1977)

미완에 머무른 4·19혁명의 한계는 문단에 대해서 뿐만이 아니라, 다른 영역에도 적용할 수 있지 않을까. 최근 일부 개신교 세력의 망언과 망동을 보며 갖게 된 생각이다. 한국기독교총연합회 대표회장 전광훈 목사는 다음과 같은 입장을 피력한다. "황교안 자유한국당 대표가 이승만, 박정희를 잇는 지도자가 되기를 기도하고 있다." 이러한 요구가 망언인 까닭은 이를테면 강성호의 『한국기독교 흑역사』(짓다, 2016)를 일독하면 금세 드러난다. 명예장로 이승만은 개신교 이외의 종교에 배타적이었으며, 이를 국가 운영에도 그대로 적용하였다. "이승만 정권은 (…) 타 종교의 참여를 차단한 채 군종 제도와 형목 제도를 도입하고, 국가의례를 기독교식으로 진행하고, 크리스마스를 공휴일로 제정하고, 정치권력의 핵심부에 기독교 인사들을 포진시키는 조치를 취하면서 일종의 기독교 국가체제(Christendom)를 만들어갔다."

개신교는 이승만의 정책에 적극 호응하였으며, 부정선거에도 협력하였다. "자유당의 지도위원에는 김활란, 모윤숙, 배은희 목사, 백낙준, 유호준 목사, 윤치영, 임영신, 이규갑 목사, 이윤영 목사 등" 개신교를 대표하던 지도자들이 대거 참여하였으며, 한국기독교연합회는 이승만 지지를 공개 표명하고 조직적인 지원에 나섰다. 부정선거를 총지휘한 내무부 장관 최인규는 교회 집사였고, 가톨릭 신자 장면이 대통령으로 당선되면 이 나라를 바티칸에 팔아먹을 것이라고 마타도어를 만들어낸 이는 전성천 목사였다. 이는 이승만 정권이 시행하였던 "천주교 믿는 공무원들을 좌천시키거나 해고하는 차별 정책"과 호응 관계에 놓인다. 천주교가 소유했던 『경향신문』을 정부에서 폐간하기로 하자 적극 동의하고 나선 것도 개신교 세력이었다.

이승만 정권과 개신교의 밀월 관계 복원 위에서 파악한다면 전광훈 목사의 망언, 망동을 이해 못 할 바 아니다. 황교안 대표가 장관을 제안했다고 했던가. 자유당 시절 교육부 장관, 내무부 장관으로 승승장구했던 최인규 집사의 선례가 있다. 문재인 정권이 "주체사상을 종교적 신념의 경지로 만들어" 대한민국을 종북, 공산화하고 있다는 주장은 근거가 미약하지 않은가. 이승만 정권의 '자유민주주의'하에서 전성천 목사의 마타도어는 기꺼이 허용되었고, 정권의 지원까지 받았다. 황교안 대표로부터 촉발된 불교 무시 논란은 종교 갈등을 부추기고 있지 않은가. 개신교 국가 체제로 나아가기 위하여 타 종교와의 성전(聖戰)은 부득이한 선택일 수밖에 없다. 이런 식으로 이해하다 보면, 미완에 머무르고 만 4·19혁명의 한계와 절박하게 맞닥뜨리게 된다. 그럴수록 촛불항쟁이 4·19혁명과 달라야만 한다는 생각은 더욱 절실해진다.

좀비의 활보,
가짜 뉴스의 범람과
우리 사회의 비극성

소포클레스의 「오이디푸스 왕」,
소포클레스의 「안티고네」

고대 그리스의 최고 비극 작품은 무엇일까. 관점에 따라 다를 터, 아리스토텔레스는 소포클레스의 「오이디푸스 왕」을 전범으로 꼽고 있다. 플롯, 장소, 시간의 통일이 잘 이루어졌다는 것이 근거이다. 아리스토텔레스는 그중에서도 특히 플롯에 주목하였다. 인물들의 행동이 상호 인과관계 속에서 발전하고 있으므로 개연성과 필연성을 획득하였다는 것이다. 오이디푸스가 자신의 출생 비밀을 알았으니 발견이 나타났고, 애초 기대했던 바와 상반되는 결과가 펼쳐졌으니 급전(急傳) 또한 끌어안았다는 점도 고평되었다. 공포와 애련을 불러일으키는 가장 효과적인 장치가 발견과 급전인바, 「오이디푸스 왕」은 이를 구현하였다는 것이 아리스토텔레스의 입장이다.

반면 헤겔은 소포클레스의 「안티고네」를 최고의 작품으로 내세운다. 역사 전환기에 나타나는 모순을 등장인물들 사이의 갈등으로 집약하여 형상화하는 데 성공했다는 것이다. 혈연에 입각하여 안티고네는 오빠 폴리니케스의 주검을 매장하고자 한다. 이는 부족사회의 윤리에 해당한다. 그렇지만 폴리니케스는 매장 금지에 해당하는 죄를 짓고 죽었다. 따라서 크레온 왕은 매장을 불허하는데, 이때 크레온은 국가법의 상징으로 자리하게 된다. 한편 사적 층위에서 안티고네와 크레온은 긴밀한 관계를 맺고 있다. 크레온의 아들 하이몬과 약혼한 여성이 안티고네였던 것. 결국 크레온에 맞섰던 안티고네, 사랑을 잃은 하이몬, 아들 하이몬을 상실한 크레온의 아내 에우리디케는 차례대로 죽음에 이른다. 그러니 헤겔은 충돌하는 역사 이행기의 두 이념이 등장인물의 전형으로 얼마나 성취되는가의 관점에서 비극을 이해하였던 셈이다.

　문득 그리스 비극을 떠올리게 된 것은 최근 국내 정치 상황이 도무지 현실로서 용납되지 않기 때문이다. 만족할 만한 수준에 이르지는 못했지만, 그래도 우리는 1987년 6월항쟁이라든가 2016년 촛불항쟁을 거치면서 민주주의의 정착을 향해 한 걸음씩 내딛었다고 여겼더랬다. 그런데도 어떻게 역사의 뒤안길로 진작 사라졌어야 할 이념형의 마타도어가 버젓이 횡행하고, 이를 방관 혹은 묵인하는 세력이 의회의 다수를 차지하고 있는 것일까. 내가 보건대, 5·18 당시 발포 명령을 내렸느냐는 물음에 "이거 왜 이래!" 목소리 높인 전두환 씨는 한낱 좀비에 불과하다. 5·18 북한군 개입설의 후원자를 자임하고 있는 자유한국당의 국회의원 김진태, 이종명, 김순례 역시 좀비에 감염된 좀비일 따름이다. 「햄릿」의 망령은 그 억울함만 해명되면 다시 출몰하는 일이 없을 터이나, 저들 좀비들은 대체 어찌 처리해야 하나. 우리 정치의 비극이 바로 이 지점에서 부각된다.

나경원 자유한국당 원내대표의 연이은 강성 발언들 역시 지극히 퇴행적이다. 5·18광주민주화운동 당시 북한군은 개입하지 않았다. 이는 사실의 문제이다. 그런데도 이를 다양한 해석 가운데 하나로 정리해버리는 것은 본질을 호도하는 데 머무른다. 그는 또한 "선진국에는 비례대표제가 없다"라고 주장하였는데, 37개의 경제협력개발기구(OECD) 가입국 가운데 24개 나라에서 비례대표만으로 의회를 구성하고 있다. 즉 나경원 대표의 주장이 거짓이라는 것이다. 연동형 비례대표제에 대한 거짓 주장은 계속 되고 있다. "연동형 비례대표제는 위헌적 요소가 다분하다", "의원 정수는 300석을 넘어서는 안 된다는 불문의 헌법 정신에 반한다", 연동형 비례대표제를 하면 "의원 정수가 무한히 확대될 수 있다" 등.

대북 정책에 관한 나경원 원내대표의 극에서 극으로 치닫는 극적인 변모에서는 어떤 개연성도 확인할 수 없다. 2016년 6월 비핵화에 대해 유연한 접근을 요구하며 "가장 중요한 것은 우리가 이제 정권이 바뀌든 안 바뀌든 일관된 우리 국민적 공감대를 이루는 통일 정책을 만들어가야 된다"고 주장했던 나 대표다. 그러한 나 대표가 왜 문재인 대통령을 향해 "김정은 수석대변인"이라는 딱지를 붙여대는 것일까. 책임지는 정치인이라면 그러한 인식 변화에 대한 설득력 있는 해명이 뒤따라야 하겠다. 해명이 없어서야 그 독기 어린 비난이 실상 전형적인 '내로남불'에 불과하며, 나 대표는 상황에 따라 말을 바꾼다는 혐의로부터 자유로울 수 없기 때문이다.

죽은 폴리니케스가 걸어 다니면 「안티고네」는 성립할 수 없다. 「오이디푸스 왕」이 가짜 뉴스의 희생양이었다면 아리스토텔레스가 그렇게 고평했을 리 만무하다. 좀비가 활보하고 가짜 뉴스가 뻔뻔하게 유포되는 지점에서 우리 사회의 덜떨어진 비극이 펼쳐지고 있다.

석가모니의 비구 승가 해산과
탁발 없는 조계종

『상윳따 니까야』

당분간 조계종을 중심으로 하는 한국 불교계 상황은 암울할 듯하다. 총무원장 설정을 탄핵했다고는 하나, 그간 만연했던 악습을 청산해나갈 세력이 두드러지지 않기 때문이다. 조계종의 적폐 청산을 요구하는 측에서는 현재의 간선제를 반대하고 있다. 선거인단 대부분이 자승 전 총무원장의 영향력 아래 있으므로, 자승 전 총무원장의 지원을 받는 후보가 새로운 총무원장이 될 수밖에 없으리라는 것이 그 이유이다. 공론화되지 않았을 뿐 기실 자승 전 총무원장을 둘러싸고 제기된 여러 의혹들도 사소하다 치부하기는 곤란한 수준이다.

혼란한 불교계를 접하면서 석가모니의 비구 승가 해산 일화가 떠올랐다. 공양물의 배분을 두고 비구들 사이에서 다툼이 일자 석가모니는 승가를 해산시켜버렸다. 이후 뉘우친 비구들이 하나둘씩 다가와 사죄하자 석가모니는 다음과 같이 설하였다. 출가의 목적은 생활필수품을 마련하는 데 있지 않고, 깨달음을 얻는 데 있다는 내용이었다.

"비구들이여, 걸식이라는 것은 삶을 영위하는 가장 미천한 수단이다. 세상에서 '그대는 손에 그릇을 들고 걸식하러 돌아다니는구나'라는 것은 욕하는 말이다. 비구들이여, 그러나 좋은 가문의 아들들은 바른 목적을 추구하는 사람들이어서 바른 목적을 위하여 이러한 걸식하는 삶을 산다. 왕에게 이끌려서도 아니고 도둑에게 이끌려서도 아니며, 빚 때문에, 두려움 때문에, 생계를 꾸려가기 위해서 이러한 삶을 사는 것이 아니다. 오직 '나는 태어남과 늙음과 죽음과 근심·탄식·육체적 고통·정신적 고통·절망에 빠져 있고 괴로움에 빠져 있고 괴로움에 압도되었다. 그러나 이제 나에게 전체 괴로움의 무더기의 끝이 드러날 것이다'라는 생각으로 이러한 삶을 사는 것이다."(『상윳따 니까야』, 「제22주제 무더기(존재의 다발)[蘊] 상윳따 제8장 희생물(삼켜버림)품」)

여기서 주목해야 할 것은 비구가 삶을 영위하는 방식, 즉 걸식(乞食, 탁발)이 아닐까 싶다. 주지하다시피 음식 섭취 문제는 생존에 직결된다. 그럼에도 불구하고 걸식하라는 것은 음식마저도 소유의 대상으로 삼아서는 안 된다는 의미가 된다. 실제로 초기 승가에서는 음식에 대한 집착 및 욕망을 막기 위하여 음식의 저장이나 취사를 금지하였다. 그러니 걸식은 육신의 욕망을 끊어내는 수행이자 가장 적극적인 무소유의 실행이었던 셈이다. 또한 낮은 자리로 내려갔으니 하심(下心)을 수행하는 방편이기도 하였으며, 타인을 통하여 비로소 자신이 존재할 수 있음을 매양 깨닫게 되니 아상(我相)을 끊어내는 계기가 되기도 하였겠다. 다른 한편에서는 걸식 과정에서 중생의 삶을 이해하고, 이를 포교의 계기로 삼기도 했으리라.

중요한 수행 방식이었던 만큼 석가모니 역시 걸식을 게을리하지 않았다. 예컨대 『잡아함경』의 「걸식경(乞食經)」을 보면, 가사 입고 지팡이 짚은 석가가 아침 일찍 발우를 들고 집집마다 돌아다니며 걸식하는 면모가 표현되어 있다. 심지어 탁발에 실패하여 굶는 일이 생기기도 하였다. 그래도 석가는 걸식의 원칙에 따라 공양을 걸렀다. 마명(馬鳴)의 『붓다차리타』에 따르면, 인간의 숙명에 대해 고뇌하는 태자에게 사문(沙門)의 삶을 일러준 존재는 정거천(淨居天)의 왕이었다. 출가한 태자는 깨달음을 얻고 나서도 처음 들었던 사문의 생활 방편, 즉 걸식을 이어나갔으니 끝까지 초발심을 이어나간 셈이라고 하겠다.

한국의 조계종에서는 1964년부터 탁발을 금지하고 있다. 탁발 금지의 이유를 인터넷에서 찾아보니 대략 네 가지 정도가 확인되었다. 승려라 사칭한 이들로 인해 발생하는 민폐를 방지하기 위함이라는 주장이 많았고, 타 종교에 대한 배려라는 주장도 있었다. 일각의 주장이기는 하나, 화폐를 중심으로 경제 체제가 바뀐 데 대한 적응이라는 해석도 있었고, 승려의 품위를 지키기 위한 방편이었다는 설도 있었다. 글쎄, 나로서는 이 가운데 어느 것도 탁발 금지의 근거로 타당하게 느껴지지 않는다. 모쪼록 내가 아직 확인하지 못한 탁발 금지의 타당한 근거가 어디엔가 존재하고 있기를 희망해본다. 계율의 변화에도 불구하고, 비구라면 마땅히 걸식으로써 삶을 이어나가야 했던 시대의 치열한 수행 자세가 어떻게 이어지고 있는지 드러난다면 더욱 반가운 일이겠다.

지금 한국 사회의
교육에 대하여 물어야 할 것

얼마 전 치른 대학수학능력시험이 어려웠다고 온 나라가 시끌시끌하다. 교육 전문가들의 진단과 대안이 제시되고 있는데, 다소 생뚱맞을 수 있겠으나, 바로 그 자리에서 나는 우리 사회에서 벌어지고 있는 동 시간대 여러 사건들을 겹쳐서 보게 된다. 그래야만 우리가 맞닥뜨리고 있는 교육 문제의 실체가 비로소 드러난다고 생각하기 때문이다.

먼저 한국유치원총연합회(이하 '한유총')의 사례를 보자. 감사 결과 사립 유치원 운영자가 유치원비로 명품 백, 성인용품 따위를 샀다는 등의 문제가 알려졌다. 자, 이를 바로잡아야 하지 않겠는가. 그런데도 한유총은 비리 근절 및 투명성 확보 방안 도입을 거부하고 있

다. 유치원은 사유재산이라는 게 근거이다. 기실 이는 전혀 말이 안
된다. 자유민주주의가 자유라는 명목으로 개인의 사유재산권을 옹
호하는 것은 맞지만, 타인 또는 사회 영역에 해악을 끼치는 경우에
대해서는 단호하게 질타하고 있기 때문이다. 따라서 저런 식의 생
떼 쓰기는 극히 한국적인 현상이라고 할 수 있다.

　보다 가관인 것은 이에 호응하는 만만찮은 정치 세력이 있다는
사실이다. 박용진 더불어민주당 의원은 유아교육법 개정안 통과에
딴죽 거는 자유한국당을 겨냥하여 홍문종, 나경원, 장제원 의원의
실명을 거론한 바 있다. 자신들의 이익과 한유총이 주장하는 바가
일치하기에 사학재단 집안 출신인 이들이 옹호하는 게 아니냐는 힐
난이다. 이 대목에서 나는 두 가지 물음을 던지게 된다. 첫째, 자유
민주주의를 내세우는 이들이 어째서 자유민주주의의 논리 근거에
조차 무지할 수 있을까. 둘째, 어떤 명문대를 졸업했든 간에, 공익과
맞서는 사적인 이익을 국가 운영의 원리로 내세우는 이들을 과연
지식인이라고 부를 수 있을까.

　인터넷 실시간 검색에 '조선일보 손녀'로 올라 있는 사건 또한 퍽
상징적이다. 국영수 교과목 과외뿐만 아니라, 글짓기와 성악, 싱크
로나이즈, 발레 등 상류층 엘리트 코스 교육을 받고 있는 열 살 먹
은 아이가 50대 후반의 운전기사에게 폭언을 쏟아냈다. "네 엄마,
아빠가 널 교육을 잘못시켜서 이상했던 거야, 돈도 없어서 가난해
서", "아저씨는 해고야, 진짜 미쳤나 봐" 등. 흔히들 이를 어린아이의
갑질이란 관점에서 접근하는데, 내가 정작 주목하는 것은 '상류층

엘리트 코스 교육'이라는 표현이다. 대체 사람들은 교육을 뭐라고 생각하는 것일까. 인간에 대한 최소한의 존중도 가르치지 못하면서도 엘리트 교육이란 게 과연 가능하기나 할까.

대학 현실도 암담하기는 마찬가지다. 중국대사관으로부터 교육부가 받았던 항의를 보라. 충북대, 계명대, 동방문화대학원대학교 등에서는 외국인 대상으로 한 학기 15주에서 16주 동안 진행해야 할 교과목들을 단 12일 만에 끝내고 박사학위를 내어줬는데, 이렇게 한국에서 받아온 박사학위에 문제가 많다는 것이 중국 측의 항의 내용이었다. 교육이란 이름으로 학위 장사가 이루어졌던 것이다. 이들 세 대학은 극단적인 사례인 까닭에 사태의 심각성이 불거졌지만, 문제는 대부분의 대학들이 이와 같은 흐름에 편승하는 양상이라는 데 있다.

한국어 소통이 용이치 않은 외국인 학생들이 왜 대학 강의실에 앉아 있어야 하는가. 이를 알고 있으면서도 대학에서는 왜 그와 같은 학생들 유치에 목을 매고 있는가. 돈이 되기 때문이다. 여기 어디 학생들의 미래에 대한 고려가 있으며, 배우고 가르치는 과정인 교육이 들어서 있는가. 대학의 숨통을 쥐고 있는 교육부는 이를 묵인, 방조하고 있다. 시간강사법 시행을 앞두고 대학 사회는 격렬하게 요동치고 있는데, 교육부는 이에 대해서도 수수방관하지 않을까 싶다. 어쩌면 폭탄 돌리기 하듯 다시 한번 시행 유예를 선언할 수도 있겠다.

교육이 정말 국가의 백년대계와 관련 있는 것일까. 그렇다면 지금껏 늘어놓은 물음들에 대해 답변할 수 있어야만 할 것이다. 교육이 무엇인가를 묻지 않은 채 대학 입시의 방편으로 그저 학생들의 평가 방식만을 교체해나간다면, '불수능'의 반복은 피할 수 있을는지 모르겠으나 우리 사회의 변화는 요원할 터이기 때문이다.

투명한 영혼이 역사를 만들고,
역사 위에서 길이 열린다

방현석의 『그들이 내 이름을 부를 때』

방현석의 『그들이 내 이름을 부를 때』(이야기공작소, 2012)는, 루카치가 규정해놓은 개념에 의거하여 말한다면, 역사소설의 가치를 떠올리게 한다. 루카치가 말하는 역사소설에서 '역사'란 구체적인 현실의 전사(前史)이며, 현재 명백한 사태들에 대하여 그것들이 객관적·역사적으로 구성된 것임을 드러나게 하는 방식을 가리킨다. 그러한 까닭에 시대 환경이 옴짝달싹하기 곤란한 상황에 처했을 때 작가들은 당대의 질서가 어떻게 구축되었는가를 파악하기 위하여 역사소설 창작으로 나아가는 경향을 보이곤 한다.

예컨대 일제 말기 카프(KAPF)가 해산되고 난 뒤 일제로부터 사상 전향이 강요되고, 파시즘이 강력하게 확산되기 시작할 즈음 김남천의 『대하』(1939), 이기영의 『봄』(1940~1941), 한설야의 『탑』(1940~1941) 등 역사소설이 한꺼번에 발표되었던 사정은 이와 연관이 있다. 그러니까 조선 말기에서 일제강점기로 전환되고 식민지 체제가 공고화되는 양상을 추적함으로써 이들 작가들은 자신이 처한 상황을 폭넓게 조망해보고자 했던 것이다.

『그들이 내 이름을 부를 때』는 박정희 군사정권의 야만적인 폭압이 극에 달했던 시기를 정면에서 다루고 있다. 물론 박정희 전 대통령이 암살당한 이후, 쿠데타와 1980년 5·18광주학살을 통하여 집권한 전두환 군사정권 때의 질식할 것 같은 상황도 빠뜨리지 않았다. 소설은 실존 인물이자 주인공인 김근태가 '남영동'으로 끌려가 모진 고문을 받고 검찰청으로 이송되는 1985년의 장면에서 끝나기 때문이다.

그렇지만 작가가 전두환 일당을 "박정희 잔당"(306쪽)으로 파악하고 있다는 점에서 보자면, 박정희 시대와 전두환 시대를 굳이 나누려는 작업이 별다른 의미를 가질 성싶지는 않다. 그리고 이러한 견해가 충분히 타당한 까닭은 현재의 집권 세력이 당시의 권력 집단과 긴밀하게 연관되어 지금까지 굳건하게 이어져온 데 있기도 하다.

이 책의 초판이 찍힌 날짜는 대통령 선거를 정확히 한 달 남겨둔

2012년 11월 19일이고, 집권당의 대통령 후보는 독재자의 영애 박근혜였으며, 선거 결과 그녀가 대통령으로 선출되었으니, 그러한 사실을 명확하게 보여주지 않는가.

그렇지만 작가 방현석은 섣부르게 현재 상황을 소설 속에 투영시키는 대신 그러한 세력의 사상적인 근거를 따져들기 위하여 그 기원으로 거슬러 올라간다. 그리하여 결국 박정희를 매개로 맞닥뜨린 것이 식민주의와 군국주의였다. 투사(鬪士)인 김근태라는 인물은 한 가지 판단을 내리기 위하여 워낙 많은 질문을 하고 깊이 회의하고 폭넓게 독서하는 캐릭터로 설정되어 있다. 그러한 까닭에 작가가 제시하는 박정희 세력의 의식구조는 김근태의 시선을 통하여 심층적으로 분석된다. 작품이 어설픈 논설 수준으로 떨어지지 않고 자연스러운 흐름을 갖추게 된 것은 이에 기인한다.

조선 놈은 사흘에 한 번씩 맞아야 말을 듣고 일을 하는 게으르고 이기적인 족속이기 때문에, 책임감과 충성심으로 가득 찬 일본의 지배를 받아야만 야만에서 벗어날 수 있었다. 그러므로 식민 지배를 기꺼이 받아들이고 다카키 마사오가 되어 한목숨 다 바쳐 일본에 충성하는 것은 마땅한 영광이었다. 그런데 이 열등한 민족을 포함한 아시아를 구원해야 할 일본이 분하게도 서양에 패망하고 말았다. 무능한 이 민족의 지도자들에게 나라를 맡길 수는 없는 노릇이기에 혁명으로 민족을 구원하기 위해 남로당에 들어가는 것 또한 어쩔 수 없는 선택이었다. 그 남로당 또한 못나고 무력하게 침몰할 때 거기에서 빠져나와 겨우 목숨을 구했지만, 마지막까지 포기하지 않고 진군을 계속하는 것이 불굴의 일본 정신이었다. 자신만이 옳고, 자신과 다른 것은 다 박멸해야 할 적으로 생각하는 일본 군국주의는 파시즘과 연결되는 것이었다. 자신이 아니면 안 된다고 생각하는 일본 군국주의의 화신이 박정희였다. (191~192쪽)

이번에 나온 방현석의 소설 『그들이 내 이름을 부를 때』를 우선 루카치의 관점을 적용하여 역사소설이라는 관점에서 읽게 되는 까닭이 이러한 작가의 인식에 있다. 즉 근현대로 진입하면서 일제에 빌붙어 호가호위하던 세력은 제대로 청산된 바 없으며, 오히려 이들은 해방된 이후에도 줄곧 국가권력의 중심에서 영향력을 유지해나갔던바, 이들에게서 면면히 흐르는 의식 세계를 1960년대부터 1980년대까지 이르는 군사정권에 의해 구체적인 사건들을 통하여 날카롭게 짚어내었다는 것이다.

두꺼비는 어떻게 번식하나

『그들이 내 이름을 부를 때』의 한편에 군사정권의 폭압이 자리한다면, 그 반대편에는 이에 맞서며 자신의 모든 것을 내걸었던 인물들이 존재한다. 당시 방관하는 태도를 취하였으나, 김근태가 이러한 부류의 인물들과 접하게 된 시기는 1965년 한일협정 반대 움직임이 분출하였던 경기고 시절부터이다. 이후 그는 대학에 진학하고 나서 차츰 군사정부 반대 세력의 주동으로 변모하게 된다.

이러한 김근태의 변모는 퍽 흥미로운데, 1965년 한일협정 반대에 나섰던 인물들이 이후 학생운동의 근간을 일구는 과정이 재현되는가 하면, 1970년 전태일의 분신으로 심각하게 촉발된 노동문제에 그들이 어떻게 결합해 들어가면서 관계를 형성하는가가 드러나기 때문이다. 또한 진보적인 종교 세력과의 연대 방식이 제시되어 있기도 하다. 그러니까, 소설의 내용으로는 펼쳐지지 않았으나, 군사정권의 폭압에 맞섰던 1987년 6월항쟁 및 노동자대투쟁의 역량이 축적되는 기원과 과정이 이를 통해 해명되는 것이다.

방현석이 추적하여 복원해낸 1960년대, 1970년대 저항운동의 세력 형성 과정은 현재 상황에서 충분히 주목할 필요가 있을 듯하다. 주지하다시피 이명박 정부의 오만하고 독선적인 국가 운영은 국민들로부터 무수한 지탄의 대상이 되었고, 이로 인하여 야당의 입장에서 2012년 총선과 대선은 도저히 질 수 없는 선거라고 평가되어 왔다.

그렇지만 야당은 두 번의 선거에서 모두 패배하였는데, '386세대'라고 자부하던 정치 세력의 배타적인 면모가 이와 무관하지 않다(김근태 세대에 대해서도 배타적이었다). 주지하다시피 386세대란 1990년대 유포된 용어로써 60년대에 태어나서 80년대에 대학교를 다녔으며 90년대에 30대가 된 세대라는 의미이며, 이러한 담론을 유포한 이들은 그 세대의 정치인들이었다.

기실 이 용어에는 시대와 맞서는 어떠한 정신도 개입되어 있지 않으며, 그렇기 때문에 87년 6월항쟁의 성과를 자신들이 독점적으로 차지하겠다는 욕망만이 가득 차 있을 따름이다. 내가 보기에 그러한 욕망이 결국 이번 두 차례 선거에서 패배를 불러들였다.

그런 점에서 『그들이 내 이름을 부를 때』는 루카치가 말하는 역사소설 범주에 적절하게 들어맞는다고 하겠다. 물론 루카치의 개념 범주에 적합한가의 여부가 소설의 완성도를 가늠하는 잣대가 될 수는 없다. 그렇지만 역사를 몰각하고 배제하려는 태도가 그리 현명하지 못하다는 것은 분명하며, 누군가는 새로운 세상으로 한 발자국 나아가기 위하여 죽음까지도 기꺼이 감수했다는 사실은 분명하게 기억해야만 하겠다.

민주화운동청년연합(민청련)이 조직의 상징을 두꺼비로 삼았던 까닭은 스스로를 온전히 버리겠다는 결의가 있었기 때문이다. "두꺼비는 새끼를 낳을 때면 일부러 뱀의 길을 가로막고 싸움을 겁니다. 뱀도 두꺼비를 잡아먹으면 자기가 죽는다는 거 알기 때문에 피하려고 하지만 두꺼비는 끝까지 엉겨 붙습니다. 그래서 기어이 자신은 뱀에게 잡혀 먹히지만, 두꺼비를 삼킨 뱀 역시 두꺼비의 독으로 죽게 되지요. 그러나 뱀의 배 속에서 알을 까고 나온 새끼 두꺼비들은 썩어가는 뱀을 먹어치우며 자라납니다."(305~306쪽)

* 『그들이 내 이름을 부를 때』의 주인공 김근태는 민청련의 의장이었다. 실제로 그는 민청련의 상징 두꺼비처럼 살다가 갔다. 아직 새끼 두꺼비들이 썩어가는 뱀을 먹어치우면서 자라지 못

하여 그러한 면모가 제대로 부각되지 못했을 따름이다.

출
전

5부 | 인문학 안의 사회, 사회 안의 인문학